1. Sigi und Reri

Hier wird angefangen und erzählt von dem Manne, der Sigi genannt war, und es wird von ihm gesagt, daß er Odins Sohn hieß. Ein anderer Mann wird in der Geschichte erwähnt, der Skadi hieß, er war mächtig, stark und tüchtig, aber doch war Sigi von ihnen der mächtigere und vornehmeren Geschlechts, wie die Menschen in jener Zeit sagten. Skadi hatte einen Knecht, der kurz in der Geschichte zu erwähnen ist, er hieß Bredi; er war verständig in dem, was er anfangen sollte; er besaß Fertigkeiten und Geschicklichkeiten in demselben Maße wie die, die sich bedeutender dünkten, oder noch etwas mehr als manche.

Das muß nun erzählt werden, daß Sigi einmal auf die Jagd ging, und der Knecht mit ihm, und sie jagten den ganzen Tag bis zum Abend. Aber als sie am Abend ihre Beute zusammenbrachten, da hatte Bredi weit mehr und größeres erjagt als Sigi, was ihm übel gefiel, und er sagte, er wundere sich, daß ein Knecht ihn im Weidwerk übertreffen sollte, lief deshalb auf ihn zu und erschlug ihn, dann verbarg er die Leiche in einer Schneewehe.

Darauf kam er am Abend heim und sagte, daß Bredi im Walde von ihm geritten wäre, »und er war mir auf einmal aus den Augen, und ich weiß nichts von ihm«. Skadi beargwöhnte Sigis Aussage und vermutete, es würde Trug von ihm sein, und Sigi würde ihn wohl erschlagen haben. Er besorgte Leute, ihn zu suchen, und das Suchen endete damit, daß sie ihn in einem Schneehaufen fanden. Skadi sagte, daß man diese Schneewehe fortan Bredis Schneewehe nennen sollte. Das hält man seitdem so und nennt jede Schneewehe so, die groß ist.

Da kam es aus, daß Sigi den Knecht erschlagen und den Ermordeten versteckt hatte, und man nannte ihn Wolf an der Weihestätte, und er durfte jetzt nicht in der Heimat bleiben bei seinem Vater.

Odin geleitete ihn daher aus dem Lande fort, so lange Wege, daß es sehr weit war, und nicht eher ließ er ab, als bis er ihm zu Heerschiffen verhalf. Nun begann Sigi sich auf Heerfahrten zu legen mit dem Gefolge, das ihm sein Vater gegeben hatte, ehe sie schieden, und er war siegreich auf seinen Heerfahrten. So ging es mit seiner Sache, daß er sich schließlich auf dem Plünderungszuge Land und Reich erwarb. Darauf nahm er sich eine vornehme Frau und ward ein mächtiger, starker und tüchtiger König; er herrschte über Hunenland und war ein gewaltiger Krieger. Er hatte mit seiner Frau einen Sohn, der hieß Rerir; er wuchs da auf bei seinem Vater und ward bald groß von Wuchs und tüchtig.

Nun wurde Sigi ein alter Mann an Jahren. Er hatte viele Feinde, so daß ihn endlich die angegriffen, denen er am meisten traute, und das waren die Brüder seiner Frau. Sie ließen ihn überfallen, als er es am wenigsten vermutete und nur ein kleines Gefolge bei sich hatte, und überwältigten ihn durch ihre Übermacht – in diesem Kampfe fiel Sigi mit seinem ganzen Hofgesinde.

Sein Sohn Rerir war nicht in dieser Gefahr, und er empfing ein so großes Heer von seinen Freunden und Landeshäuptlingen, daß er sich beides, Land und Königtum, nach seinem Vater Sigi zueignete; und als er glaubte, in seinem Reiche festen Fuß gefaßt zu haben, da erinnerte er sich der Händel, die er mit seinen Mutterbrüdern hatte, die seinen Vater erschlagen hatten. Der König sammelte sich ein großes Heer und zog mit diesem Heere gegen seine Verwandten; es schien ihm, sie hätten es vorher gegen ihn verschuldet, wenn er ihre Verwandtschaft gering schätzte. Das tat er denn: er hörte nicht eher auf, als bis er alle Mörder seines Vaters erschlagen hatte, so unnatürlich es auch in jeder Hinsicht war. Darauf eignete er sich ihr Land, ihr Reich und Gut zu und wurde jetzt mächtiger als sein Vater.

Rerir machte da große Kriegsbeute und nahm sich dann eine Frau, die er für sich passend glaubte. Sie lebten sehr lange zusammen, bekamen aber weder einen Erben noch ein Kind. Das gefiel ihnen wenig, und sie baten die Götter mit großer Inbrunst, daß sie Kinder bekämen. Das wird erzählt, daß Frigg ihre Bitte hörte, und Odin ebenfalls, um was sie baten. Er wurde nicht ratlos. Odin rief seine Wunschmaid, die Tochter des Riesen Hrimnir, gab ihr einen Apfel in die Hand und befahl ihr, den dem Könige zu bringen. Sie nahm den Apfel in Empfang, nahm die Gestalt einer Krähe an und flog, bis daß sie dahin kam, wo der König war und auf einem Hügel saß.

Sie ließ den Apfel dem König aufs Knie fallen. Der nahm den Apfel und glaubte zu wissen, was das bedeuten sollte. Er ging dann heim von dem Hügel zu seinen Mannen, suchte darauf die Königin auf, und sie aß etwas von dem Apfel.

2. Völsungs Geburt

Das ist nun zu erzählen, daß die Königin bald empfand, daß sie mit einem Kinde ginge; aber es verging lange Zeit, ohne daß sie das Kind gebären konnte. Da ereignete es sich, daß Rerir auf eine Heerfahrt ziehen mußte, wie es bei Königen Sitte ist, ihrem Lande Frieden zu verschaffen. Auf dieser Fahrt begab es sich, daß Rerir krank wurde, und starb darauf und wollte Odin heimsuchen – vielen erschien das wünschenswert in jener Zeit.

Nun ging es ebenso weiter mit der Krankheit der Königin, daß sie das Kind nicht gebären konnte, und es währte sechs Winter, daß sie dies Leiden hatte. Da erkannte sie, daß sie nicht lange leben würde, und gebot, daß man ihr das Kind ausschneiden sollte; so wurde es ausgeführt, wie sie befohlen hatte; es war ein Knabe, und der Knabe war groß an Wuchs, wie zu erwarten war. So wird erzählt, daß der Knabe seine Mutter küßte, ehe sie starb; ihm wurde nun ein Name gegeben, und er wurde Völsung genannt; er war König über Hunenland nach seinem Vater; er wurde früh groß und stark und mutig in allem, worin eine Probe der Mannhaftigkeit und des Heldentums zu liegen schien; er wurde der größte Kriegsmann und war siegreich in allen Schlachten, die er auf seinen Heerfahrten schlug.

Als er zum Mannesalter herangereift war, sandte ihm Hrimnir seine Tochter Hljod, die vorhin erwähnt ist, als sie den Apfel zu Rerir brachte, dem Vater Völsungs; er nahm sie zur Frau, und sie lebten lange miteinander, ihr Zusammenleben war gut. Sie zeugten der Söhne zehn und eine Tochter, Sigmund hieß ihr ältester Sohn, Signy hieß die Tochter; sie waren Zwillinge und waren in allen Dingen die vortrefflichsten und schönsten von den Kindern König Völsungs, und doch waren alle gewaltige Helden, wie es lange im Gedächt-

nis festgehalten und laut gepriesen ist, welch' überaus kampflustige Männer die Völsunge gewesen sind, und wie sie die meisten Männer übertroffen haben, deren gedacht wird in alten Geschichten, sowohl an Weisheit als an Fertigkeiten und eifrigem Streben aller Art.
So wird erzählt, daß König Völsung eine herrliche Halle herstellen ließ, und zwar in der Weise, daß eine mächtige Eiche in der Mitte stand; die Zweige des Baumes ragten mit ihren schönen Blättern über das Dach der Halle hinaus, der Stamm aber reichte hinab in die Halle, und man nannte ihn »Kinderbaum«.

3. Odins Siegesschwert

Siggeir hieß ein König, er herrschte über Gautland; er war ein mächtiger König und hatte viele Mannen. Er suchte König Völsung auf und bat ihn um Signys Hand. Der König nahm diesen Antrag wohl auf und ebenfalls seine Söhne, aber sie selbst zeigte wenig Lust, doch bat sie ihren Vater darüber zu entscheiden, wie über alles andere, was sie beträfe. Dem König aber schien es rätlich, sie zu vermählen, und so wurde sie dem König Siggeir verlobt. Und wenn diese Hochzeit und Heirat stattfinden sollte, dann sollte König Siggeir das Gastmahl König Völsungs besuchen.
Der König rüstete die Hochzeit nach besten Kräften zu. Und als das Gastmahl völlig bereit war, kamen die Gäste König Völsungs und ebenfalls König Siggeirs an dem bestimmten Tage dorthin, und König Siggeir hatte manchen angesehenen Mann bei sich. So wird erzählt, daß da große Feuer angezündet waren die ganze Halle entlang; der stattliche Stamm stand mitten in der Halle, wie zuvor angegeben wurde. Nun wird erzählt: als die Männer am Abend bei den Feuern saßen, da trat ein Mann herein in die Halle, unbekannt allen von Aussehen. Folgendermaßen war er gekleidet: er hatte einen fleckigen Mantel um, er war barfüßig und trug Leinenhosen, die am Bein zusammengeknüpft waren; auf dem Haupte hatte er einen lang herabhängenden Hut; er war sehr hochgewachsen und alt und einäugig. Dieser Mann hatte ein Schwert in der Hand und ging nach dem

Kinderbaume; er schwang das Schwert und stieß es in den Stamm, so daß das Schwert bis in den Griff eindrang. Allen Männern versagte die Stimme dem Greise gegenüber. Da nahm er das Wort und sagte: »Wer dieses Schwert aus dem Stamme zieht, der soll es von mir als Geschenk erhalten, und er soll es selbst als wahr beweisen, daß er niemals eine bessere Waffe in der Hand gehalten hat als diese ist.« Hierauf ging der alte Mann aus der Halle, und niemand wußte, wer er war, oder wohin er ging. Nun standen sie auf und überließen es nicht einander, das Schwert herauszuziehen, und der glaubte es am besten zu haben, der es zuerst ergreifen durfte. Da gingen die vornehmsten Männer zuerst hinzu, dann der eine nach dem andern. Keiner aber kam hinzu, der es erlangen durfte, denn es rührte sich nicht im geringsten, als sie danach griffen. Da trat Sigmund hinzu, König Völsungs Sohn, packte das Schwert und zog es aus dem Stamme, und es war, wie wenn es los da läge vor ihm. Diese Waffe dünkte alle so gut, daß niemand glaubte, je ein gleiches Schwert gesehen zu haben, und Siggeir bot ihm an, es mit dem dreifachen Gewicht an Gold aufzuwiegen. Sigmund aber sagte: »Du konntest dieses Schwert ebenso gut nehmen wie ich, da wo es stak, wenn es dir geziemte es zu tragen; jetzt aber erhältst du es nimmer, wenn du auch dafür alles Gold anbietest, das du hast.« König Siggeir ergrimmte über diese Worte, und es dünkte ihn spöttisch gesprochen zu sein. Weil es aber so beschaffen mit ihm war, daß er ein heimtückischer Mensch war, so stellte er sich so, wie wenn er auf diese Worte nicht achtete; aber noch denselben Abend ersann er eine Vergeltung dafür, eine Rache, die später ausgeführt wurde.

4. Siggeirs Heimfahrt

Nun ist zu erzählen, daß König Siggeir diesen Abend Beilager hielt mit Signy. Am nächsten Tage war das Wetter gut. Da sagte König Siggeir, daß er heimfahren und nicht warten wollte, bis sich Wind erhöbe oder die See unfahrbar würde. Es wird nicht erwähnt, daß König Völsung oder seine Söhne ihn abhielten, zumal da er sah,

daß er nichts andres wollte als von der Hochzeit heimfahren. Da sagte Signy zu ihrem Vater: »Nicht möchte ich mit Siggeir abreisen, und nicht will mein Herz ihm entgegenlachen; durch Vorahnung, die ja eine Eigentümlichkeit unseres Geschlechts ist, weiß ich, daß uns aus dieser Heirat großes Leid entstehen wird, wenn diese Ehe nicht bald gelöst wird.« »Nicht sollst du also reden, Tochter«, erwiderte er, »denn es wäre eine große Schmach für ihn sowohl als auch ebenfalls für uns, hierin ihm treulos zu werden ohne Grund; und wir haben keine Treue und Freundschaft von ihm zu erwarten, wenn wir sie brechen, und er wird es uns mit Bösem vergelten, soviel er kann; das allein geziemt es unserseits zu halten.«
Darauf rüstete sich König Siggeir zur Heimfahrt. Ehe sie von dem Gastgebot hinwegfuhren, lud er König Völsung, seinen Schwiegervater, zu sich nach Gautland ein und alle seine Söhne mit ihm, in der Frist von drei Monden, samt all dem Gefolge, das er mit sich nähme und das mitzuführen ihm zur Ehre gereichte. König Siggeir wollte damit wieder gut machen, woran es der Hochzeitsfeier fehlte; denn er hatte nicht länger als eine Nacht bleiben wollen, und so zu verfahren ist doch nicht Sitte der Männer. Nun versprach König Völsung die Reise und am bestimmten Tage zu kommen. Da schieden Schwiegervater und Schwiegersohn, und König Siggeir fuhr heim mit seiner Frau.

5. Tod König Völsungs und seiner Söhne. Sigmunds Errettung

Nun ist von König Völsung und seinen Söhnen zu sagen, daß sie zur festgesetzten Zeit gen Gautland reisten zum Gastgebote König Siggeirs, ihres Schwagers. Sie fuhren vom Lande mit drei Schiffen, und diese waren alle wohlbemannt. Sie hatten eine recht glückliche Fahrt und kamen mit ihren Schiffen nach Gautland; da war es spät am Abend.
Denselben Abend kam Signy, König Völsungs Tochter, rief ihren Vater und ihre Brüder zum Zwiegespräche und sagte ihnen König

Siggeirs Absicht, daß er ein unüberwindliches Heer zusammengezogen habe, »und sinnt Verrat wider euch. Nun bitte ich euch,« fuhr sie fort, »daß ihr sogleich wieder in euer Reich reist, sammelt soviel Mannen wie möglich, kehrt sodann hierher zurück und rächt euch selbst; gehet nicht in diese Gefahr, denn nicht entrinnt ihr seinem Verrate, wenn ihr nicht zu dieser List greift, zu der ich euch auffordere.« Da erwiderte König Völsungen: »Davon wird alle Welt rühmend reden, daß ich noch ungeboren ein Wort sprach und das Gelübde tat, daß ich weder Feuer noch Eisen aus Furcht fliehen wollte, und so habe ich bisher gehandelt – warum sollte ich es nicht auch im hohen Alter tun? Nimmer sollen die Jungfrauen meinen Söhnen bei den Spielen vorwerfen, daß sie den Tod fürchteten; denn einmal muß jeder sterben, und keiner kann dem entgehen, daß er einmal sterbe. Darum ist mein Rat, daß wir keineswegs fliehen, sondern unsere Hände so kühn wie möglich gebrauchen. Hundertmal habe ich in der Feldschlacht gefochten, und habe bald mehr Heervolk gehabt, bald minder, immer doch hab ich den Sieg erzwungen – niemals soll das bekannt werden, daß ich fliehe oder um Frieden bitte.« Da weinte Signy bitterlich und bat, daß sie nicht zu König Siggeir zurückkehren brauchte. König Völsung antwortete: »Sicherlich sollst du zu deinem Manne heimfahren und bei ihm bleiben, wie es uns auch ergeht.« Da ging Signy heim, sie aber blieben die Nacht über zurück bei den Schiffen. Am Morgen aber, als der Tag anbrach, hieß König Völsung alle seine Mannen aufstehen, hinauf aufs Land gehen und sich zum Kampfe fertig machen. Nun gingen sie alle in voller Rüstung hinauf aufs Land und hatten nicht lange zu warten, bis daß König Siggeir kam mit seinem ganzen Heere. Da entbrannte zwischen ihnen die härteste Schlacht. Der König ermunterte selber zum Angriff aufs härteste, und so wird erzählt, daß König Völsung und seine Söhne achtmal an dem Tage die Schlachtordnung König Siggeirs durchbrachen und nach beiden Seiten schlugen. Und als sie dachten nochmals so durch die feindliche Schar zu fahren, da fiel König Völsung inmitten seiner Schlachtordnung, und sein ganzes Gefolge mit ihm außer seinen zehn Söhnen; denn eine weit größere Übermacht stand ihnen gegenüber, als daß sie ihr hätten Widerstand

leisten können. Da wurden alle seine Söhne gefangengenommen, in Bande geschlagen und fortgeführt.
Signy ward gewahr, daß ihr Vater erschlagen war, ihre Brüder gefangen genommen und zum Tode bestimmt. Da rief sie König Siggeir zum Zwiegespräch und sagte: »Darum will ich dich bitten, daß du meine Brüder nicht so bald töten lässest; laß sie lieber in den Stock setzen. Es geht mir, wie es im Sprichwort heißt, daß das Auge zufrieden ist, solange es den Anblick hat; ich bitte dich deshalb nicht länger für sie, weil ich glaube, daß es mir nichts nützen werde.« Da antwortete Siggeir: »Toll bist du und töricht, daß du für deine Brüder ein größeres Übel erbittest, denn daß sie erschlagen werden. Doch dein Wunsch sei dir gewährt; desto besser scheint es mir, je Schlimmeres sie erdulden und je längere Todesqualen sie erleiden.« Er gebot zu tun, um was sie gebeten: ein mächtiger Baumstamm wurde genommen und den zehn Brüdern an einer Stelle im Walde an die Füße gelegt. Dort saßen sie den ganzen Tag bis zur Nacht. Aber um Mitternacht kam eine alte Wölfin dorthin zu ihnen, wo sie im Block saßen, die war groß und grausig anzusehen; es ereignete sich, daß sie einen von ihnen zu Tode biß, sodann fraß sie ihn völlig auf und ging dann fort. Aber am Morgen darauf sandte Signy zu ihren Brüdern einen Mann, dem sie am meisten vertraute, um zu erfahren, was geschehen wäre. Und als er zurückkam, berichtete er ihr, daß einer von ihnen tot wäre. Schrecklich schien es ihr, wenn alle auf diese Art sterben sollten, aber helfen konnte sie ihnen nicht. Kurz ist davon zu berichten: neun Nächte hintereinander kam dieselbe Wölfin um Mitternacht und biß sogleich einen von den Brüdern zu Tode, bis sie alle tot waren, nur Sigmund allein war noch übrig. Und nun ehe die zehnte Nacht nahte, sandte Signy ihren Vertrauten zu ihrem Bruder Sigmund, gab ihm Honig in die Hand und sagte, er solle den auf Sigmunds Antlitz streichen und ihm etwas davon in den Mund stecken. Da ging er zu Sigmund, tat wie ihm geboten war und kehrte dann wieder zurück. In der nächsten Nacht kam dieselbe Wölfin nach ihrer Gewohnheit und gedachte ihn zu Tode zu beißen wie seine Brüder. Aber da bekam sie Witterung von ihm, wo er mit Honig bestrichen war, beleckte sein ganzes Antlitz mit ihrer Zunge und steckte ihm sodann die Zunge in den Mund. Sigmund ließ

sich nicht erschrecken und biß die Wölfin in die Zunge; sie sträubte sich heftig, zog und zerrte und stemmte die Füße in den Stock, so daß er ganz auseinander barst. Er aber hielt so fest, daß der Wölfin die Zunge an der Wurzel herausgerissen wurde und sie davon den Tod erlitt. Aber das erzählen einige Leute, daß diese Wölfin König Siggeirs Mutter gewesen sei, und daß sie diese Gestalt angenommen habe durch Hexerei und Zauberkunst.

6. Signys Söhne

So war Sigmund frei geworden, da der Stock zerbrochen war, und hielt sich nahebei im Walde auf. Abermals sandte Signy, um zu erfahren, was geschehen sei und ob Sigmund lebe. Und als die Boten kamen, erzählte er ihnen die ganze Begebenheit, wie sie sich zugetragen hatte mit ihm und der Wölfin. Da kehrten sie zurück und sagten Signy, was geschehen sei.

Da ging sie zu ihrem Bruder, und sie faßten den Beschluß, daß er sich dort im Walde ein Erdhaus bauen sollte. Es ging so eine Zeitlang, daß Signy ihn dort verbarg und ihm das gab, dessen er bedurfte. König Siggeir aber wähnte, daß alle Völsunge tot wären.

König Siggeir hatte zwei Söhne mit seiner Frau, und es wird von ihnen erzählt, daß Signy, als sein ältester Sohn zehn Winter alt war, ihn zu Sigmund sandte, damit er ihm Hilfe leisten sollte, wenn er etwas unternehmen wollte, um seinen Vater zu rächen. Der Knabe ging in den Wald und kam spät gegen Abend zu Sigmunds Erdhütte. Der nahm ihn nach Gebühr wohl auf und sagte, daß er ihm Brot zubereiten sollte; »ich aber«, sagte er, »will Brennholz suchen«; er gab ihm einen Mehlbeutel in die Hand und ging selbst Holz zu suchen. Als er aber zurückkam, hatte der Knabe nichts zur Brotbereitung getan. Da fragte Sigmund, ob das Brot fertig wäre. Er antwortete: »Ich wagte nicht, den Mehlbeutel anzufassen, denn es lag etwas Lebendiges im Mehle.« Da glaubte Sigmund zu wissen, daß dieser Knabe nicht so beherzt wäre, daß er ihn bei sich behalten möchte. Als nun die Geschwister Sigmund und Signy zusammenkamen, sagte Sigmund, es wäre ihm nicht damit geholfen, wenn der Knabe bei ihm bliebe. Signy erwiderte: »Nimm ihn denn und töte ihn; er braucht dann nicht länger zu leben«; so tat er. Nun verging dieser Winter; einen Winter darauf sandte Signy ihren jüngsten Sohn zu Sigmund; aber es ist nicht nötig, die Sache lang auszuspinnen. Es erging ebenso, daß er diesen Knaben auf Signys Rat tötete.

7. Signy empfängt Sinfjötli

Es wird erzählt, daß einmal, als Signy in ihrem Frauengemach saß, zu ihr ein überaus zauberkundiges Hexenweib kam. Da redete Signy mit ihr: »Ich wollte, daß wir die Gestalten vertauschten.« Die Zauberin sagte: »Du hast darüber zu bestimmen.« Darauf richtete sie es mit ihren Künsten so ein, daß sie die Gestalten vertauschten; die Zauberin setze sich auf ihren Rat an Signys Platz und legte sich abends zu dem König ins Bett, und er merkte nicht, daß Signy nicht bei ihm war.

Nun ist von Signy zu erzählen, daß sie nach der Erdhütte zu ihrem Bruder ging und ihn bat, ihr Herberge über Nacht zu gewähren, »denn ich habe mich draußen im Walde verirrt und weiß nicht, wo ich mich befinde.« Er sagte, sie könne dableiben, er wolle ihr als einer alleinstehenden Frau die Herberge nicht versagen, und er glaube zu wissen, daß sie nicht damit die gute Aufnahme lohnen werde, daß sie ihn verriete. Nun ging sie hinein in die Herberge zu ihm, und sie setzten sich zum Essen; er blickte sie oft unwillkürlich an, und sie dünkte ihn hold und schön. Als sie aber satt waren, da sagte er zu ihr, er wolle, daß sie in der Nacht das Lager teilten; sie sträubte sich nicht dagegen, und er nahm sie drei Nächte hintereinander zu sich. Darauf begab sie sich zu der Zauberin und bat, daß sie die Gestalten wieder austauschten, und so tat sie.

Und als die Stunde gekommen war, gebar Signy einen Knaben; der Knabe ward Sinfjötli genannt; und als er aufwuchs, war er beides, groß und stark und schön von Aussehen und recht nach Art der Völsunge. Er war noch nicht zehn volle Winter, als Signy ihn zu

Sigmund nach der Erdhütte sandte. Sie hatte mit ihren früheren Söhnen, ehe sie die zu Sigmund schickte, die Probe gemacht, daß sie ihnen den Rock an die Arme zugleich mit Haut und Fleisch nähte – sie konnten das nicht aushalten und schrien darüber. Ebenso verfuhr sie mit Sinfjötli, er sträubte sich nicht dagegen. Sie zog ihm das Wams aus, so daß die Haut mit den Ärmeln mitgerissen wurde, und meinte, er empfände wohl Schmerz dabei. Er aber entgegnete: »Solches erscheint einem Völsung wenig schmerzlich.«

Und nun kam der Knabe zu Sigmund. Da gebot ihm Sigmund, aus ihrem Mehle Brot zu kneten, er aber wolle Brennholz für sie holen, gab ihm einen Beutel in die Hand und ging dann in den Wald. Als er aber zurückkam, da war Sinfjötli fertig mit dem Backen. Da fragte Sigmund, ob er etwas in dem Mehle gefunden hätte. »Ich bin nicht ohne Verdacht,« antwortete er, »daß etwas Lebendiges im Mehle gewesen ist, als ich zuerst anfing zu kneten, aber ich habe mit hineingeknetet, was darin war.« Sigmund sprach und lachte: »Ich meine, du wirst heute Abend keine Mahlzeit haben von diesem Brote, denn du hast eine große Giftschlange mit hineingeknetet.« Sigmund war so stark, daß er Gifte essen konnte, ohne daß es ihm im geringsten schadete; Sinfjötli aber vermochte es nur, daß das Gift ihm von außen kam, doch nicht vermochte er es zu essen oder zu trinken.

8. Sigmund und Sinfjötli legen die Wolfsbälge an

Das ist weiter zu erzählen, daß dem Sigmund Sinfjötli noch zu jung zur gemeinsamen Rache erschien, und er wollte ihn daher zuvor an kühne Taten gewöhnen. Sie zogen des Sommers weit durch die Wälder und erschlugen Männer, um sie zu berauben. Sinfjötli schien Sigmund recht nach Art der Völsunge, dennoch glaubte er, daß er König Siggeirs Sohn wäre und dachte, Sinfjötli habe zwar den Heldenmut der Völsunge, aber die Bosheit seines Vaters, denn er meinte, daß er sich wenig um seine Gesippen kümmere, weil er ihn oft an sein Leid erinnerte und ihn sehr reizte, den König Siggeir zu erschlagen.

Nun geschah es einmal, daß sie wieder in den Wald zogen, sich Beute zu verschaffen; sie fanden aber ein Haus und in dem Hause zwei Männer schlafend mit dicken Goldringen. Sie waren ins Mißgeschick geraten, denn Wolfsbälge hingen über ihnen; jeden fünften Tag vermochten sie aus den Bälgen zu fahren, sie waren Königssöhne. Sigmund und Sinfjötli fuhren in die Wolfsbälge, vermochten aber nicht herauszukommen; den Wolfsbälgen haftete dieselbe Eigenschaft wie früher an – sie heulten wie Wölfe und verstanden beide ihr Geheul. Nun begaben sie sich in die Wälder, aber jeder von ihnen fuhr seine Straße.

Sie trafen die Verabredung untereinander, daß sie sich daran wagen wollten, wenn es auch sieben Männer wären, aber nicht mehr, und der sollte einen Wolfsschrei ausstoßen, der auf eine Übermacht träfe. »Diese Abrede laß uns nicht brechen,« sagte Sigmund, »denn du bist jung und mutig, und man wird sich darauf freuen, dich zu jagen.« So zog jeder für sich seine Straße, und als sie sich getrennt hatten, begegnete Sigmund sieben Männern und stieß einen Wolfsschrei aus; als Sinfjötli das hörte, kam er sogleich herbei und tötete alle. Sie trennten sich wieder. Als Sinfjötli nicht lange im Walde gelaufen war, begegnete er elf Männern, kämpfte mit ihnen, und es geschah, daß er sie alle tötete. Er wurde sehr müde, ging unter eine Eiche und ruhte sich hier aus. Da kam Sigmund dorthin und sprach: »Warum riefst du mich nicht?« Sinfjötli entgegnete: »Ich wollte dich nicht um Hilfe rufen. Du brauchtest meine Hilfe dazu, um sieben Männer zu töten, aber ich bin ein Kind an Jahren im Vergleich mit dir – und doch rief ich dich nicht um Hilfe, um elf Männer zu töten.« Da sprang Sigmund so hart gegen ihn, daß er taumelte und fiel; Sigmund biß ihn vorn in die Kehle. Gerade an diesem Tage vermochten sie nicht die Wolfsbälge abzulegen. So legte Sigmund ihn sich auf den Rücken, trug ihn heim in die Hütte und war um ihn beschäftigt – aber er hieß die Trolle die Wolfsbälge holen.

Eines Tages sah Sigmund zwei Wiesel, wie eins dem andern in die Kehle biß; und jenes lief in den Wald, brachte ein Blatt, legte es auf die Wunde, und sogleich sprang das andere Wiesel gesund auf. Sigmund ging hinaus und sah, wo ein Rabe mit dem Blatte flog und es ihm brachte. Er legte es über Sinfjötlis Wunde, und dieser sprang sogleich gesund auf, wie wenn er nimmer wund gewesen wäre. Darauf gingen sie nach der Erdhütte und warteten da, bis zu der Zeit, daß sie die Wolfsbälge ablegen sollten; da nahmen sie die, verbrannten sie im Feuer und wünschten, daß sie niemand mehr Schaden brächten. Sie hatten aber während ihres Mißgeschicks manche Heldentat in König Siggeirs Reiche vollbracht.

Als Sinfjötli erwachsen war, glaubte Sigmund ihn genug erprobt zu haben. Nun dauerte es nicht lange, daß Sigmund die Vaterrache vollziehen wollte, wenn es sich so fügen sollte. Da gingen sie eines Tages fort von der Erdhütte, kamen spät abends an König Siggeirs Hof und traten in die Vorstube, die vor der Halle war; dort aber waren Bierfässer, und dahinter verbargen sie sich. Die Königin wußte nun, wo sie waren, und wollte sie aufsuchen, und als sie zusammenkamen, da faßten sie den Beschluß, daß sie die Vaterrache ausüben wollten, sobald es Nacht würde.

Signy und der König hatten zwei Söhne jung an Jahren, die spielten mit Goldringen am Boden der Halle, ließen die Ringe über den Estrich rollen und sprangen ihnen nach. Ein Goldring aber rollte nach außen hin nach der Stelle des Hauses, wo sich Sigmund und Sinfjötli versteckt hatten; der Knabe aber lief hinterdrein, den Ring zu suchen. Da sah er dort zwei Männer sitzen, groß und grimmig, die trugen tief herabhängende Helme und lichte Brünnen. Da lief er ins Innere der Halle zu seinem Vater und sagte ihm, was er gesehen hätte. Der König argwöhnte nun, daß Verrat gegen ihn im Werke wäre.

Signy hörte, was sie sagten; sie stand auf, nahm die beiden Knaben, ging hinaus in die Vorstube zu ihnen und sagte, sie sollten wissen, daß die sie verraten hätten, »und ich rate euch, daß ihr sie tötet«. Sigmund aber sagte: »Nicht will ich deine Knaben töten, obgleich sie mich verraten haben.« Sinfjötli aber schrak davor nicht zurück, zückte sein Schwert, tötete beide Knaben und warf sie ins Innere der Halle, König Siggeir zu Füßen. Der König erhob sich und rief seine Mannen auf, die Männer zu ergreifen, die sich am Abend in der Vorstube versteckt hätten. Da liefen die Männer hinaus und dorthin, und wollten Hand an sie legen; die aber wehrten sich wohl und heldenmütig, und der meinte es da lange am schlimmsten zu haben, der ihnen am nächsten war. Endlich aber wurden sie von der Übermacht

überwältigt, gefangen genommen, darauf in Bande geschlagen und in Fesseln gesetzt, und sie saßen dort die ganze Nacht.
Nun überlegte der König bei sich, welchen Tod er ihnen bereiten sollte, den sie am längsten fühlten. Als der Morgen kam, ließ der König ein großes Hügelgrab von Steinen und Rasen machen; und als der Hügel fertig war, ließ er eine große Felsplatte senkrecht mitten hinein setzen, so daß der eine Rand nach oben gerichtet war, der andere nach unten; der flache Stein war so groß, daß er auf beiden Seiten die Felswand berührte, so daß man nicht an ihr vorbeikommen konnte. Darauf ließ er Sigmund und Sinfjötli ergreifen und in den Grabhügel setzen, auf jede Seite der Felsplatte einen von ihnen; denn es schien ihm härter für sie, wenn sie beide nicht zusammen wären und doch jeder den anderen verstehen konnte.
Als sie im Begriff waren, den Hügel mit Rasen zuzudecken, kam Signy herzu und trug Stroh in den Armen, das warf sie Sinfjötli in den Hügel hinein und bat die Knechte, es dem König zu verheimlichen. Sie gelobten es, und darauf wurde der Hügel geschlossen.
Als es begann Nacht zu werden, sagte Sinfjötli zu Sigmund: »Ich glaube, fürs erste wird es uns nicht an Speise fehlen: hier hat die Königin Speck in den Hügel geworfen und von außen Stroh herumgewickelt.« Und weiter betastete er den Speck und fand, daß das Schwert Sigmunds darin stak; er erkannte es am Griff, denn es war dunkel im Hügel, und sagte es Sigmund; sie freuten sich beide darüber. Sinfjötli schob die Spitze des Schwertes oben über die Felsplatte und zog es kräftig hin und her – das Schwert schnitt in den flachen Stein. Sigmund ergriff nun die Schwertspitze, und sie durchsägten so die Felsplatte zwischen ihnen und ließen nicht eher ab, als bis sie diese ganz durchsägt hatten. So heißt es im Liede:

1
An die Felsplatte setzten
kräftig als Säge
Sigmund das Schwert
und Sinfjötli.

Und nun waren sie beide zusammen los in dem Hügel, zersägten Stein und Eisen und kamen so aus dem Grabhügel heraus.
Darauf gingen sie zurück nach der Halle, alle Leute lagen da im Schlafe. Sie trugen Holz in die Halle und legten Feuer an das Holz. Die darinnen waren, erwachten von dem Qualm und davon, daß die Halle über ihnen brannte. Der König fragte, wer das Feuer angelegt hätte. »Hier sind wir, ich, Sigmund, und Sinfjötli, mein Schwestersohn«, sagte Sigmund, »und wir glauben jetzt, daß du merken wirst, nicht alle Völsunge sind tot.« Er forderte seine Schwester auf, herauszukommen und von ihm gute Achtung und große Ehre zu empfangen: so wollte er ihr ihres Gatten Tod büßen. Sie antwortete: »Nun sollst du werden gewahr, ob ich dem König Siggeir den Mord König Völsungs nachgetragen habe. Ich ließ unsre Kinder töten, weil die mir zu träge zur Vaterrache schienen. Ich kam zu dir in den Wald, in der Gestalt einer Völva, und Sinfjötli ist unser Sohn. Davon hat er so hohen Heldenmut, daß er beides, Sohnes-Sohn und Tochter-Sohn König Völsungs ist. Ich habe alles dazu getan, daß König Siggeir den Tod empfangen sollte. Aber was ich getan habe um der Rache willen, ist derart, daß ich auf keine Weise länger leben darf, und freiwillig werde ich mit ihm sterben, obwohl ich ihn wider Willen zum Manne hatte«. Sodann küßte sie Sigmund, ihren Bruder, und Sinfjötli, ging wieder hinein ins Feuer und wünschte ihnen alles Gute fürs Leben. Darauf fand sie hier den Tod mit König Siggeir und seinem ganzen Gefolge.
Vater und Sohn verschafften sich Heervolk und Schiffe. Sigmund steuerte auf sein Geschlechtserbe zu und vertrieb den König aus dem Lande, der sich nach König Völsung darin festgesetzt hatte.
Sigmund war nun ein mächtiger und berühmter König, weise und hochstrebend. Er hatte eine Frau, die Borghild hieß. Sie hatten zwei Söhne, der eine hieß Helgi, der andere Hamund. Und als Helgi geboren war, kamen Nornen dazu, weissagten ihm sein Schicksal und sagten, er solle der berühmteste aller Könige werden. Sigmund war gerade aus einer Schlacht heimgekehrt und ging mit einem Lauch seinem Sohne entgegen; er gab ihm den Namen Helgi und folgendes als Namensverleihung und Patengeschenk: Hringstadir und Solfjöll

und ein Schwert; er hieß ihn tüchtig werden und Völsung nacharten. Helgi ward hochherzig und reich an Freunden, er übertraf die meisten andern Männer in jeglicher Geschicklichkeit. Das wird erzählt, daß er sich auf eine Heerfahrt begab, als er fünfzehn Winter alt war. Helgi war König über das Heervolk, Sinfjötli aber war ihm beigegeben, und beide geboten über Kriegsvolk.

9. Helgi vermählt sich mit Sigrun

Es wird erzählt, daß Helgi auf seiner Heerfahrt den König traf, der Hunding hieß; er war ein mächtiger König, reich an Mannen und herrschte über viele Länder. Da begann eine Feldschlacht zwischen ihnen, und Helgi stürmte heftig vorwärts. Damit schloß die Schlacht, daß Helgi den Sieg errang, König Hunding aber fiel und ein großer Teil seines Gefolges. Nun glaubte Helgi, an Ansehen viel gewonnen zu haben, da er einen so mächtigen König erschlagen hatte.

König Hundings Söhne aber boten ein Herr gegen Helgi auf und wollten ihren Vater rächen. Sie hatten einen harten Kampf, Helgi drang durch die Scharen der Brüder, griff die Banner der Söhne König Hundings an und erschlug diese Söhne Hundings: Alf und Eyjolf, Hervard und Hagbard, und erfocht hier einen herrlichen Sieg. Als Helgi aus der Schlacht kam, da begegnete er an einem Walde mehreren Frauen, vornehm an Aussehen, doch übertraf eine die andern alle; sie ritten in stattlichem Aufzuge. Helgi fragte die nach Namen, die sie befehligte. Sie nannte sich Sigrun und sagte, daß sie König Högnis Tochter wäre. Helgi sprach: »Reitet heim mit uns und seid uns willkommen.« Da erwiderte die Königstochter: »Andres wartet unser als mit dir zu trinken.« Helgi fragte: »Was ist das, Königstochter?« Sie antwortete: »König Högni hat mich verlobt dem Hödbrodd, dem Sohne König Granmars; ich aber habe gelobt, daß ich ihn nicht lieber haben will als das Junge einer Krähe. Aber doch wird dieses vor sich gehen, wenn du ihn nicht hinderst, ihm mit einem Heere entgegengehst und mich hinwegführst, denn mit keinem Könige möchte ich lieber zusammen wohnen als mit dir.« »Sei fröhlich, Königstochter!«, sagte er, »eher wollen wir unsere Stärke versuchen, als daß du ihm vermählt wirst, und erproben wollen wir zuvor, wer von uns beiden den anderen übertrifft, daran will ich das Leben setzen.«

Darauf sandte Helgi Männer aus mit Geldgeschenken, um für sich Mannen zu werben, und entbot alles Volk nach Raudabjarg. Dort wartete König Helgi so lange, bis eine große Schar aus Hedinsey zu ihm kam; auch kam zu ihm eine stattliche Menge aus Nörvasund mit schönen und großen Schiffen. König Helgi rief zu sich den Befehlshaber seines Schiffes, der Leif hieß, und fragte, ob er ihr Heer gezählt habe. »Es ist nicht leicht, Herr, zu zählen die Schiffe: die aus Nörvasund gekommen sind, darauf sind zwölftausend Mann, aber das zweite Heer ist dennoch ein halbmal so groß.« Da sagte König Helgi, daß sie nach der Bucht steuern sollten, die Varinsfjördr hieß, und so taten sie. Da überfiel sie ein großer Sturm und eine so hohe See, daß es sich gerade so anhörte, wenn die Wellen an Bord schlugen, als ob Berge zusammengeschlagen würden. Helgi hieß sie sich nicht fürchten und die Segel nicht reffen, sondern vielmehr sie noch höher hinaufsetzen als vorher. Da war es nahe daran, daß sie vom Sturm überwältigt wurden, ehe sie das Land erreichten. Da kam Sigrun, die Tochter König Högnis, oben vom Lande herab zum Strande mit großem Gefolge und brachte sie in einen guten Hafen, der »zu Gnipalund« heißt.

Diese Neuigkeit erfuhren die Leute des Landes, und es kam oben vom Lande her ein Bruder König Hödbrodds, der über die Gegend herrschte, die »auf Svaringshaugr« heißt. Er rief sie an und fragte, wer jenes große Heer befehligte. Sinfjötli stand auf, er hatte einen Helm auf dem Haupte, geglättet wie Glas, und eine Brünne weiß wie Schnee, in der Hand einen Spieß und ein stattliches Banner, sowie einen goldrandigen Schild vor sich. Er verstand den Königen Rede zu stehen: »Erzähle das, wenn du die Schweine und Hunde gefüttert hast und dein Weib triffst, daß hier die Völsunge gekommen sind; hier im Heere hält sich König Helgi auf, wenn Hödbrodd ihn antreffen will, und das macht ihm Freude ehrenvoll zu fechten, während du die Mägde beim Feuer küssest.« Grammar sagte: »Nicht wirst du verstehen, vieles gebührend zu reden und alte Mären zu sagen, da du lügenhaft Häuptlinge anschuldigst. Jenes wird wahrer sein, daß du dich lange draußen im Walde von Wolfsfraß genährt und deine Brüder getötet hast; wunderbar ist es, daß du es wagst, mit guten Männern zusammenzukommen, der du mancher kalten Leiche das Blut hast ausgesogen.« Sinfjötli antwortete: » Dessen wirst du wohl nicht mehr recht gedenken, wie du die Völva auf Varinsey warst und sagtest, du wolltest einen Mann haben und mich zu dem Dienste erkorest, dein Mann zu sein. Später aber warst du eine Walküre in Asgard, und es war nahe daran, daß alle sich geschlagen hätten um deinetwillen. Ich aber erzeugte mit dir neun Wölfe auf Laganes und war der Vater von ihnen allen.« Granmar entgegnete: »Das Lügen verstehst du gut; ich glaube, du hättest keines Vater werden können, seitdem du entmannt wurdest von den Töchtern des Riesen auf Thorsnes. Du bist ein Stiefsohn König Siggeirs und lagst draußen im Walde mit Wölfen; alles Unheil kam auf einmal über dich: du erschlugst deine Brüder und machtest dich im bösen Sinne berühmt.« Sinfjötli antwortete: »Erinnerst du dich daran, daß du eine Statue warst bei dem Hengste Grani, und ich mit dir auf Bravöll trabte? Dann warst du Ziegenhirt des Riesen Gölnir.« Granmar sagte: »Lieber wollte ich die Vögel mit deiner Leiche sättigen als länger mit dir streiten.« Da sprach König Helgi: »Besser wäre es für euch und rätlicher, zu kämpfen als solches zu reden, das schmählich anzuhören ist. Granmars Söhne sind nicht meine Freunde, und doch sind sie tapfere Männer.«

Granmar ritt darauf fort und traf König Hödbrodd an der Stelle, die Solfjöll heißt; ihre Rosse hießen Sveipud und Sveggjud: sie begegneten ihm im Burgtore und kündeten ihm die Kriegsbotschaft. König Hödbrodd trug eine Brünne und hatte den Helm auf dem Haupte; er fragte, wer da wäre, »und weshalb seid ihr so zornig?« Granmar erwiderte: »Hier sind die Völsung gekommen und haben zwölftausend Mann am Lande, und siebentausend bei der Insel, die Sok heißt, aber an dem Ort, der »vor Grinden« heißt, sind noch ihre größten Streitkräfte, und ich glaube, daß Helgi jetzt eine Schlacht

schlagen will.« Der König sprach: »Veranstalten wir denn ein Heergebot durch unser ganzes Reich und ziehen ihm entgegen. Keiner von denen sitze zu Hause, die fechten wollen! Senden wir Botschaft den Hringssöhnen, König Högni und Alf dem Alten, das sind große Kämpfer.«
Sie trafen sich an dem Orte, der Frekastein heißt, da hob eine harte Schlacht an. Helgi ging vorwärts durch die Schlachtreihen, so daß da ein großes Gemetzel entstand. Da sahen sie eine große Schar von Schildjungfrauen, als ob man ins Feuer sähe: da war Sigrun, die Königstochter. König Helgi drang gegen König Hödbrodd vor und fällte ihn neben den Bannern. Da sprach Sigrun: »Habe Dank für diese kühne Tat. Nun werden die Länder einen andern Herrn bekommen. Dies ist mir ein großer Glückstag, und du wirst Ehre und Ruhm davon haben, daß du einen so mächtigen König gefällt hast.« König Helgi nahm das Reich in Besitz und weilte dort lange; er nahm Sigrun zur Frau und ward ein berühmter und angesehener König – er kommt aber in dieser Geschichte nicht mehr vor.

10. Von den Völsungen

Die Völsunge fuhren jetzt heim und hatten ihren Ruhm noch sehr vermehrt. Sinfjötli begab sich jetzt von neuem auf Heerfahrten. Er sah eine schöne Frau und wünschte sehr, sie zur Gattin zu bekommen. Um diese Frau warb auch der Bruder Borghilds, die König Sigmund zur Frau hatte. Sie stritten um diese Heirat in einer Schlacht, und Sinfjötli fällte jenen König. Er heerfahrtete nun weit umher, hatte viele Kämpfe, erstritt aber stets den Sieg. Er ward der ruhmvollste und angesehenste der Männer und kam um den Herbst mit vielen Schiffen und großem Gut heim.
Er erzählte seinem Vater, was geschehen war, und der sagte es der Königin. Sie gebot Sinfjötli aus dem Reiche hinwegzufahren und sagte, sie wolle ihn nicht mehr sehen. Sigmund sagte, er ließe ihn nicht hinwegziehen und erbot sich, ihr Buße zu leisten durch Gold und großes Gut, obschon er vorher noch nie für einen Mann Buße

gezahlt hatte; er sagte, es nütze nichts mit Weibern zu streiten. Sie konnte also dies nicht durchsetzen und sagte: »Ihr habt zu bestimmen, Herr; so schickt es sich.«

Sie bereitete nun ihrem Bruder die Totenfeier mit der Zustimmung des Königs, rüstete ein Gastmahl mit den besten Vorräten und entbot eine große Menge dorthin. Borghild brachte den Männern den Trank. Sie trat vor Sinfjötli mit einem Horne und sprach: »Trink, Stiefsohn!« Er nahm das Horn, sah hinein und sprach:« Trübe ist der Trank.« Sigmund sprach: »Gib ihn mir!« und trank ihn aus. Die Königin sprach: »Warum sollen andere Männer für dich Äl trinken?« Sie kam abermals mit dem Horne: »Trink jetzt!« und reizte ihn mit manchen Worten. Er nahm das Horn und sprach: »Vergiftet ist der Trank.« Sigmund sagte: »Gib ihn mir!« Zum dritten Male kam sie und forderte ihn auf, auszutrinken, wenn anders er den Mut der Völsunge hatte. Sinfjötli nahm das Horn und sprach »Gift ist im Trank.« Sigmund sagte »Laß den Bart den Trank seihen, Sohn!« Der König war da schon sehr trunken, und deshalb sagte er das. Sinfjötli trank, und sogleich fiel er tot nieder.

Sigmund stand auf, und sein Kummer ging ihm fast ans Leben; er nahm die Leiche in seine Arme, ging in den Wald und kam endlich da zu einem Fjord. Da sah er einen Mann in einem kleinen Boote; dieser Mann fragte, ob er von ihm über den Fjord gefahren werden wollte. Er bejahte es. Das Schiff war so klein, daß es sie nicht alle trug; die Leiche wurde zuerst aufs Schiff gebracht, Sigmund aber ging den Meerbusen entlang. Und alsbald entschwand das Schiff dem Sigmund aus den Augen und auch der Mann. Darauf wandte sich Sigmund heim und verstieß die Königin; bald darauf starb sie. König Sigmund aber beherrschte weiterhin sein Reich, und wurde für den größten Helden und König gehalten zur Zeit des Heidentums.

11. Sigmunds Siegesschwert zerspringt an Odins Speer

Eylimi war ein König geheißen, mächtig und berühmt. Seine Tochter hieß Hjördis, die schönste und weiseste aller Frauen. Das vernahm König Sigmund, daß sie nach seinem Sinne wäre und keine sonst. Sigmund suchte König Eylimi heim. Dieser rüstete ein großes Gastmahl für ihn, für den Fall, daß er nicht eine Heerfahrt gegen ihn vorhätte. Es gingen Boten zwischen ihnen hin und her, daß die Fahrt in freundschaftlicher Absicht unternommen würde und nicht mit Kriegsrüstung. Das Mahl war mit den besten Vorräten gerüstet, und eine große Gefolgsmenge war dazu eingeladen. Dem König Sigmund wurde Kaufgelegenheit und andere Reisebequemlichkeit geboten; sie kamen nun zu dem Gastmahle, und beide Könige nahmen in einer Halle Platz.

Da war auch König Lyngvi gekommen, König Hundings Sohn, er wollte sich auch mit König Eylimi verschwägern. Eylimi glaubte zu sehen, daß sie nicht beide zusammen dasselbe Ziel erreichen konnten, und meinte auch zu wissen, daß Unfriede von dem zu erwarten wäre, der Hjördis nicht erhielte. Da sagte der König zu seiner Tochter: »Du bist ein verständiges Mädchen, darum habe ich bestimmt, daß du selber dir einen Mann erwählen sollst: wähle also zwischen den beiden Königen, und mein Wille ist hierin wie der deine.« Sie antwortete: »Schwierig scheint mir diese Sache, doch wähle ich den König, der der berühmteste ist. Das aber ist König Sigmund, obwohl er schon hoch betagt ist.« Sie wurde ihm gegeben, König Lyngvi aber reiste ab. Sigmund vermählte sich mit Hjördis, und jeden nächsten Tag war die Bewirtung noch besser als am vorhergehenden und aufmerksamer. Darauf fuhr König Sigmund heim nach Hunenland, mit ihm sein Schwiegervater König Eylimi, und hütete seines Reiches.

König Lyngi aber und seine Brüder sammelten ein Heer um sich und zogen gegen König Sigmund zu Felde; denn sie hatten immer bei Zwistigkeiten den kürzeren gezogen, obwohl dies Letzte am schlimmsten ergangen war. Sie wollten der Kampflust der Völsunge zuvorkommen, zogen nach Hunenland und sandten König Sigmund

Botschaft: sie wollten sich nicht an ihn heranstehlen und wüßten wohl, daß er nicht fliehen würde. König Sigmund antwortete, daß er sich zur Schlacht stellen würde. Er zog ein Heer zusammen; Hjördis aber ward mit einer Dienstmagd in den Wald gebracht, sie hatten großes Gut bei sich – dort blieb sie, während gekämpft wurde.
Die Seehelden sprangen aus den Schiffen mit einem unüberwindlichen Heere. König Sigmund und König Eylimi richteten ihre Banner auf, und die Hörner wurden geblasen. König Sigmund ließ sein Horn ertönen, das sein Vater gehabt hatte, und feuerte seine Mannen an; Sigmund hatte ein viel kleineres Heer. Da erhob sich ein harter Kampf, und obwohl Sigmund schon alt war, so schlug er sich doch tapfer und war stets der Vorderste seiner Mannen; weder Schild noch Panzer hielt gegen ihn stand, und er ging an diesem Tage immer mitten durch das Heer seiner Feinde – aber es war nicht abzusehen, wie der Kampf zwischen ihnen enden würde. Mancher Spieß und Pfeil flog da durch die Luft, aber so schützten ihn seine Spadisen, daß er nicht verwundet wurde, und keiner wußte die Zahl anzugeben, wie viele Männer vor ihm fielen: er hatte beide Arme blutig bis zur Achsel. Und als der Kampf eine Weile gewährt hatte, da kam ein Mann in die Schlacht, mit langherabhängendem Hut und blauem Mantel, er hatte nur ein Auge und trug einen Speer in der Hand. Dieser Mann trat König Sigmund entgegen und hob den Speer gegen ihn empor; und als König Sigmund kräftig zuhieb, traf das Schwert auf den Speer und zersprang in zwei Stücke. Da wandte sich die Niederlage auf Sigmunds Seite, König Sigmunds Glück war gewichen, und er verlor viel Volk. Der König schonte sich nicht und feuerte das Kriegsvolk mächtig an. Es geschah nun, wie es im Sprichwort heißt: man vermag nichts gegen eine überlegene Menge. In dieser Schlacht fiel König Sigmund und König Eylimi, sein Schwiegervater, an der Spitze des Schlachtkeils und mit ihnen der größte Teil ihres Heeres.

12. Sigmunds Tod. Hjördis Gefangennahme

König Lyngvi brach nach dem Königsgehöft auf und gedachte dort die Königstochter zu fangen; aber das schlug ihm fehl: er fand da weder die Frau noch den Schatz. Er zog darauf durch das Land und verteilte das Reich unter seine Mannen. Er glaubte das ganze Geschlecht der Völsunge erschlagen zu haben und meinte, daß er sie fortan nicht mehr zu fürchten brauche.

Hjördis ging nach der Schlacht nachts auf die Walstatt, kam dahin, wo König Sigmund lag und fragte, ob er zu heilen wäre. Er antwortete: »Mancher lebt, obwohl nur geringe Hoffnung war, von mir aber hat sich das Glück gewandt, so daß ich mich nicht mehr heilen lassen will. Odin will nicht, daß ich fürder das Schwert schwinge, da es zerbrach; ich habe Schlachten geschlagen, so lange es ihm gefiel.« Sie sprach: »Nichts dünkte mir zu fehlen, wenn du geheilt würdest und meinen Vater rächtest.« Der König antwortete: »Einem andern ist das bestimmt. Du gehst mit einem Kinde, pflege dessen wohl und sorgfältig, dieser Knabe wird der berühmteste und vortrefflichste von unserm Geschlechte werden. Verwahre ihm die Schwertesstücke wohl, daraus kann ein gutes Schwert geschmiedet werden, das Gram heißen soll. Unser Sohn soll es tragen und damit manche Heldentat vollbringen, die nimmer wird vergessen werden, und sein Name wird im Gedächtnis fortleben, solange die Welt besteht. Gib dich damit zufrieden, mich aber ermüden meine Wunden, ich werde jetzt unsere dahingegangenen Gesippen aufsuchen.« Hjördis war nun um ihn beschäftigt, bis er starb, und indem brach der Tag an. Sie sah, daß viele Schiffe ans Land gekommen waren, und sprach zu der Dienstmagd: »Wir wollen unsere Kleider vertauschen, du sollst dich mit meinem Namen nennen und dich für die Königstochter ausgeben.« So taten sie.

Die Seehelden gewahrten da die Walstatt mit vielen Gefallenen bedeckt und sahen, wie die Frauen in den Wald eilten. Sie erkannten daran, daß etwas Großes geschehen wäre und sprangen von den Schiffen. Über diese Schar gebot Alf, der Sohn König Hjalpreks von Dänemark; der war mit seinem Heere an dem Lande vorbeigefahren;

so kamen sie nach der Walstatt und sahen die vielen Gefallenen. Der König befahl, die Frauen aufzusuchen, und das taten sie. Er fragte, wer sie wären; aber das schlug nicht nach Erwartung aus. Denn die Dienstmagd sprach für sie beide und erzählte von dem Tod König Sigmunds und König Eylimis und manches andern edlen Mannes, und auch, wer das getan hätte. Der König fragte, ob sie wüßten, wo der Schatz des Königs verborgen wäre. Die Magd antwortete: »Es ist wohl zu erwarten, daß wir es wissen« und zeigte ihm, wo der Schatz sich befand. Sie fanden großen Reichtum, so daß keiner glaubte ebenso großes Gut oder noch mehr Kleinode an einer Statt beisammen gesehen zu haben, sie trugen das zu den Schiffen Alfs. Hjördis folgte ihnen, und ebenso die Dienstmagd. Er fuhr heim in sein Reich und erzählte dort, daß die Könige gefallen wären, die die berühmtesten waren. Der König setzte sich ans Steuer, aber die beiden Frauen saßen in dem ans Heck sich anschließenden Vorraume. Er hielt ein Gespräch mit ihnen und hörte ihren Reden aufmerksam zu. Der König kam heim in sein Reich mit großem Gute. Alf war der tüchtigste der Männer.

Als sie kurze Zeit daheim gewesen waren, fragte die Königin ihren Sohn Alf: »Warum hat die schönere Frau weniger Ringe und geringere Gewänder? Es scheint mir, daß die die edlere ist, über die ihr euch geringschätziger ausgesprochen habt.« Er antwortete: »Es hat mir geahnt, daß nicht Dienstmägde Art in ihr sei; als wir uns trafen, da verstand sie es wohl, angesehene Männer zu begrüßen: daraufhin wollen wir eine Probe anstellen.«

Es geschah einst beim Trinkgelage, daß sich der König neben sie zum Gespräch setzte und sprach: »Woran erkennt ihr die Tageszeit, wann es nach der Nacht zu tagen beginnt, wenn ihr kein Himmelsgestirn seht?« Die Magd antwortete: »Das Merkmal haben wir dafür, daß ich in meiner Jugend daran gewöhnt war, sehr früh am Morgen zu trinken, und seitdem ich davon abließ, wachte ich immer zu derselben Zeit auf – das ist mein Kennzeichen.« Der König lächelte dazu und sprach: »Das war eine üble Gewöhnung für eine Königstochter.« Er wandte sich dann an Hjördis und fragte sie ebendasselbe. Sie antwortete ihm: »Mein Vater gab mir einen kleinen Goldring mit der

Eigenschaft, daß er mir früh am Morgen am Finger erkaltet – das ist mein Kennzeichen dafür.« Der König antwortete: »Genug war da des Goldes, wo Mägde es trugen: ihr werdet euch allzulange vor mir verstellt haben, und doch würde ich dich so behandelt haben, als ob wir beide Eines Königs Kinder wären, auch wenn du dies gesagt hättest. Ich will dich besser behandeln, als du verdienst, denn du sollst meine Frau werden, und ich werde dir den Brautschatz zahlen, sobald du das Kind geboren hast.« Sie antwortete und sagte ihm die ganze Wahrheit über ihre Verhältnisse. Sie war da hinfort in hohen Ehren und wurde als die angesehenste Frau gehalten.

13. Sigurds Geburt

Es wird weiter erzählt, daß Hjördis einen Knaben gebar, und der Knabe ward dem König Hjalprek gebracht. Der König freute sich, als er die scharfen Augen sah, die er im Kopfe hatte, und sagte, keinem würde er ähnlich oder gleich werden. Er ward mit dem Namen Sigurd mit Wasser begossen. Von ihm sagen alle einstimmig, daß an Haltung und Wuchs keiner seines gleichen war. Er ward dort bei König Hjalprek mit großer Liebe aufgezogen. Und wenn all die berühmtesten Männer und Könige in Geschichten der Vorzeit genannt werden, dann muß Sigurd vorangehen an Stärke und Fertigkeit, Tüchtigkeit und Tapferkeit, die er mehr besessen hat als alle andern in der Nordhälfte der Welt. Sigurd wuchs dort auf bei Hjalprek, und jedes Kind liebte ihn; König Hjalprek verlobte Hjördis mit Alf und bestimmte ihr den Brautschatz.

Regin hieß Sigurds Pflegevater, er war Hreidmars Sohn; er lehrte ihn Fertigkeiten, Brettspiel und Runen und in mancherlei Sprachen zu reden, wie es damals geziemend war für Königssöhne, und mancherlei andere Dinge. Einmal, als sie beide allein beisammen waren, fragte Regin Sigurd, ob er wisse, wie großes Gut sein Vater gehabt habe, und wer es aufbewahrte. Sigurd antwortete und sagte, daß die Könige es aufbewahrten. Regin sprach: »Traust du ihnen völlig?« Sigurd sagte: »Es ziemt sich, daß sie es aufbewahren, bis es mir nützt, denn sie können es besser hüten als ich.«

Ein andermal ließ sich Regin mit Sigurd in eine Unterredung ein und sprach: »Wunderlich ist es, daß du der Könige Roßknecht werden willst und wie die Landstreicher einhergehen.« Sigurd antwortete: »Das ist nicht der Fall, denn ich entscheide über alles mit ihnen, und mir steht zur Verfügung, was ich haben will.« Regin sprach: »Bitte Hjalprek, dir ein Roß zu geben.« Sigurd antwortete: »Das wird sogleich geschehen, wenn ich will.«
Sigurd ging zu den Königen. Da sprach der König zu Sigurd: »Was willst du von uns haben?« Sigurd antwortete: »Ein Roß möchte ich haben mir zur Unterhaltung.« Der König sprach: »Wähle dir selbst ein Roß und was du sonst haben willst von unserm Eigentum.«
Tags darauf begab sich Sigurd in den Wald und begegnete einem alten Manne mit langem Barte, der war ihm unbekannt. Er fragte, wohin Sigurd sich begeben wollte. Der antwortete: »Ein Roß will ich wählen, gib mir einen guten Rat dazu.« Er sprach: »Laß uns hingehen und sie nach dem Flusse treiben, der Busiltjörn heißt.« Sie trieben die Rosse hinein in die Tiefe des Flusses, aber alle schwammen ans Land außer einem Hengste – den nahm Sigurd. Er war grau an Farbe und jung von Jahren, groß von Wuchs und zu den besten Hoffnungen berechtigend; niemand hatte noch seinen Rücken bestiegen. Der bärtige Mann sprach: »Dieser Hengst stammt von Slepnir, und er soll sorgfältig auferzogen werden, denn er wird besser werden als alle andern Rosse.« Da verschwand der Mann. Sigurd nannte den Hengst Grani, und er ist der beste Hengst gewesen. Es war aber Odin, der zu ihm gekommen war.
Abermals sprach Regin zu Sigurd: »Zu wenig Gut hast du; das härmt mich, daß du umherläufst wie Dorfjungen: aber ich kann dir sagen, wo Aussicht ist, großen Hort zu erlangen, und es ist wohl zu erwarten, daß es Ehre bringt, ihn zu suchen, und Ansehen, wenn du ihn gewinnst.« Sigurd fragte, wo der wäre, und wer ihn bewachte. Regin antwortete: »Er heißt Fafnir und liegt nicht weit von hier entfernt, das heißt Gnitaheide. Und wenn du dahin kommst, so wirst du das sagen: niemals sahst du mehr Gut in Gold an einer Statt; und nicht bedarfst du mehr, wenn du auch aller Könige ältester und berühmtester werden solltest.« Sigurd antwortete: »Ich kenne die Art dieses Wurmes, obgleich ich noch jung bin, und ich

habe gehört, daß niemand wagt ihm entgegen zu treten wegen seiner Größe und seiner Schlechtigkeit.« Regin antwortete: »Das ist nicht der Fall. Seine Größe ist nach Art der Lindwürme; und es wird viel mehr daraus gemacht als daran ist. So würde es auch deine früheren Gesippen gedünkt haben; und obwohl die Art der Völsunge an dir ist, so wirst du doch nicht ihre Sinnesart haben, die da zuerst genannt werden, wenn man von tüchtigen Leuten spricht.« Sigurd antwortete: »Es kann sein, daß ich noch nicht viel von ihrem Mut oder ihrer Kühnheit habe; doch nicht verlangt es die Notwendigkeit, sie mir abzusprechen, denn ich bin nur wenig über das Kindesalter hinaus – warum reizest du mich so sehr dazu?« Regin antwortete: »Darüber gibt es eine Geschichte, und die will ich dir erzählen.« Sigurd sprach: »Laß mich hören.«

14. Die Vorgeschichte des Hortes

Damit beginnt diese Geschichte, daß mein Vater Hreidmar hieß, ein mächtiger und reicher Mann; Fafnir hieß sein einer Sohn, der andere Otr, und ich war der dritte und war der Untüchtigste an Geschicklichkeit und rüstigem Aussehen. Doch konnte ich Eisen bearbeiten, und aus Silber und Gold und allen Dingen fertigte ich etwas Nützliches. Mein Bruder Otr hatte ein anderes Handwerk und eine andere Anlage, er war ein gewaltiger Weidmann, über andre Männer hinaus; er war am Tage in einer Fischotter Gestalt, hielt sich stets in dem Strome auf und holte sich Fische mit seinem Maule herauf. Den Weidfang brachte er seinem Vater, und dem war das eine große Unterstützung. Meist hatte er die Gestalt einer Fischotter an sich, kam spät heim und aß blinzelnd und einsam, denn er konnte nicht ertragen zu sehen, daß es weniger wurde. Fafnir war bei weitem der größte und grimmigste und wollte alles, was da war, ausschließlich sein Eigentum nennen. Ein Zwerg hieß Andvari – fuhr Regin fort – der war immer in dem Wasserfall, der Andvarafors heißt, in Hechtes Gestalt und fing sich da Speise, denn in jenem Wasserfall waren Fische die Fülle. Mein Bruder Otr fuhr auch immer in diesen

Wasserfall, holte Fische in seinem Munde herauf und legte jedesmal einen aufs Land.
Odin, Loki und Hönir kamen einst auf ihrer Wanderung nach dem Andvarafors. Otr hatte einen Lachs gefangen und aß blinzelnd am Flußufer. Loki nahm einen Stein und warf Otr zu Tode. Die Asen wähnten sehr glücklich bei ihrem Fang zu sein und zogen den Balg von dem Otter ab. Am Abend kamen sie zu Hreidmar und wiesen ihm ihre Beute vor. Da nahmen wir sie fest und legten ihnen als Buße und Lebenslösung auf, daß sie den Balg mit Gold füllten und ihn auch von außen mit rotem Golde verhüllten. Da sandten sie Loki, das Gold herbeizuschaffen. Er kam zu Ran, erhielt ihr Netz, fuhr dann nach dem Andvarafors und warf das Netz vor den Hecht – der sprang hinein. Da sprach Loki:

2
Was ist's für ein Fisch,
Der den Fluß durchfährt
Und schützt sich nicht vor Schaden?
Löse dein Haupt
Aus Hel jetzt los
Und hol mir Feuer der Flut.

Andvari sprach:

3
Andvari heiß' ich,
Oïn hieß mein Vater,
Manchen Stromfall durchstrich ich.
Unglücksnorne
In der Urzeit mir schufs,
Im Wasser mein Wesen zu treiben.

Loki sah das Gold, das Andvari besaß; aber als dieser das Gold entrichtet hatte, da hatte er noch einen Ring übrig; auch den nahm ihm Loki fort. Der Zwerg ging in einen Stein und sagte, daß dieser Goldring jedem, der ihn besitze, den Tod bringen sollte und ebenso all das Gold. Die Asen gaben Hreidmar den Hort, stopften den Otterbalg voll und stellten ihn auf die Füße; da sollten die Asen daneben Gold aufschichten und ihn von außen umhüllen. Aber als das getan war, da ging Hreidmar hinzu und sah noch ein Schnauzhaar hervorstehen und gebot, es zu verhüllen. Da zog Odin den Ring Andvaranaut von seiner Hand und bedeckte damit das Haar.
Da sprach Loki:

4
Das Gold ist gezahlt,
Großes Bußgeld
Erhieltest du für mein Haupt.
Deinem Sohne
Schafft es nicht Segen,
Es bringt euch beiden den Tod.

»Später erschlug Fafnir seinen Vater« – fuhr Regin fort – »und versteckte den Ermordeten, ich aber bekam nichts von dem Schatze. Er wurde so bösartig, daß er sich in die Wildnis zurückzog und keinem gönnte des Hortes zu genießen außer sich; er ward dann zu einem ganz wilden Wurme und liegt nun auf dem Horte. Darauf ging ich zu dem König und wurde sein Schmied. Das ist die Erzählung meiner Lebensgeschichte: ich entbehre des Vatererbes und der Bruderbuße. Das Gold wird seitdem Otterbuße genannt, und hiervon sind dichterische Umschreibungen genommen.« Sigurd sprach: »Viel hast du verloren, und sehr böse sind deine Gesippen gewesen. So schmiede mir ein Schwert mit deiner Geschicklichkeit, dem kein gleich gutes bereitet ist, und mit dem ich große Taten verrichten kann, wenn der Mut mir taugt, willst du anders, daß ich den großen Drachen erschlage.« Regin sprach: »Das schmiede ich mit Sicherheit, und du wirst mit dem Schwerte Fafnir erschlagen können.«

15. Die Schwertschmiedung

Regin schmiedete ein Schwert und gab es Sigurd in die Hand. Der nahm das Schwert und sprach: »Das ist schlechte Schmiedearbeit, Regin!« Er hieb auf den Amboß, und das Schwert zersprang. Er warf die Klinge weg und hieß ihn ein anderes, besseres schmieden. Regin schmiedete ein anderes Schwert und gab es Sigurd; der blickte es an. »Dieses wird dir gefallen,« sagte Regin, »aber schwierig ist es, für dich zu schmieden.« Sigurd versuchte dieses Schwert und zerbrach es wie das vorige. Da sprach Sigurd zu Regin: »Du wirst deinen früheren Gesippen gleichen und treulos sein.«

Er ging zu seiner Mutter, sie empfing ihn freundlich; sie redeten miteinander und tranken. Da sprach Sigurd: »Habe ich recht vernommen, daß König Sigmund dir das Schwert Gram in zwei Stücken übergab?« Sie antworte: »Wahr ist das.« Sigmund sprach: »Gib es mir in die Hand! Ich will es haben.« Sie sagte, von ihm könne man Heldentaten erwarten, und gab ihm das Schwert.

Sigurd ging zu Regin und bat ihn, daraus ein Schwert zu schaffen dem ausgezeichneten Stoff entsprechend. Regin ward ärgerlich und ging nach der Schmiede mit den Schwertstücken, ihm schien Sigurd schwer zu befriedigen hinsichtlich der Schmiedearbeit. Regin machte ein Schwert, und als er es aus der Esse hob, schien es den Schmiedegesellen, als ob Feuer aus den Schneiden brenne. Er hieß Sigurd es hinnehmen und sagte, er verstünde nicht ein Schwert zu schmieden, wenn dieses nicht die Probe aushielte. Sigurd durchhieb den Amboß und spaltete ihn bis zum Grund, aber das Schwert barst weder noch zersprang es. Er lobte es sehr, ging nach dem Flusse mit einer Wollflocke und warf sie gegen den Strom: sie wurde zerschnitten, als er das Schwert entgegen hielt. Da ging Sigurd vergnügt heim. Regin sprach: »Du wirst dein Versprechen jetzt erfüllen, da ich das Schwert geschmiedet habe, und Fafnir aufsuchen.« Sigurd erwiderte: »Ich werde es erfüllen, aber vorher noch etwas anderes, nämlich meinen Vater rächen.« Sigurd wurde, je älter er ward, desto beliebter bei allen, so daß ihn jedes Kind herzlich liebte.

16. Gripir kündet Sigurd sein künftiges Geschick

Gripir hieß ein Mann, er war Sigurds Mutterbruder. Bald darauf nachdem das Schwert geschmiedet war, begab er sich zu Gripir, denn dieser war zukunftskundig und wußte die Schicksale der Menschen voraus. Sigurd forschte nach, wie sich sein Leben gestalten würde; aber Gripir war lange dagegen, schließlich sagte er auf Sigurds stürmische Bitte ihm all sein Schicksal, so wie es später eintraf. Und als Gripir diese Dinge gesagt hatte, so wie Sigurd verlangt hatte, da ritt er heim. Bald darauf begegneten sich Sigurd und Regin. Da sprach dieser: »Töte Fafnir, wie du versprochen hast.« Sigurd antwortete: »Das will ich tun, doch zuvor noch etwas anderes, nämlich König Sigmund rächen und andere unserer Gesippen, die dort in jener Schlacht fielen.«

17. Sigurd erschlägt Lyngvi, Hjörvard und alle die Brüder

Darauf ging Sigurd zu den Königen Alf und Hjalprek und sprach zu ihnen: »Ich bin jetzt lange Zeit hier gewesen und habe euch aufrichtige Freundschaft zu lohnen und große Ehre. Aber jetzt will ich aus dem Lande fahren und Hundings Söhne aufsuchen; ich wollte, daß sie wüßten, daß die Völsunge noch nicht alle tot sind, hierzu wünsche ich eure Hilfe zu erhalten.« Die Könige sprachen, sie wollten alles gewähren, was er wünschte. Es ward ein großes Heer ausgerüstet und alles aufs beste eingerichtet, Schiffe und alles Heergerät, damit seine Fahrt prächtig wäre wie noch nie zuvor. Sigurd befehligte den Drachen, der das größte und stattlichste Schiff war; die Segel waren mit Sorgfalt gearbeitet und herrlich anzusehen.

Sie segelten mit gutem Winde ab. Als aber wenige Tage verstrichen waren, da kam ein großes Unwetter mit Sturm herauf, und die See war, als ob man in Blut sähe. Sigurd gebot, die Segel nicht zu reffen, wenn sie auch rissen, vielmehr gebot er, sie noch höher zu setzen als zuvor. Als sie an einem Vorgebirge vorüber segelten, da rief ein Mann zum Schiff hinauf und fragte, wer über die Heerschar zu befehlen habe. Ihm ward geantwortet, daß Sigurd, Sigmunds Sohn, da Führer wäre, »der jetzt der berühmteste aller jungen Männer ist«. Der Mann sprach: »Alle sagen einstimmig von ihm, daß keine Königssöhne mit ihm verglichen werden können. Ich wollte, daß ihr das Segel in irgend einem Schiffe niederließet und mich aufnähmt.« Sie fragten ihn nach den Namen. Er antwortete:

5

Junger Völsung!
Wer auf der Walstatt
Die Raben nährte,
Nannte mich Hnikar.
Du magst auch heißen
Den Mann vom Berge
Feng oder Fjölnir
Mit will ich fahren.

Sie steuerten ans Land und nahmen den Alten auf in ihr Schiff. Da legte sich das Unwetter, und sie fuhren, bis sie ans Land im Reiche der Hundingssöhne kamen – da verschwand Fjölnir. Sie fuhren mit Feuer und Schwert dahin, erschlugen die Männer und verbrannten die Gebäude, und heerten, wohin sie kamen.

Das Volk floh von dannen zu König Lyngvi und sagte, daß ein Heer ins Land gekommen wäre und mit größerem Ungestüm daherführe, als daß man Beispiele dafür finden könnte; sie sagten, die Hundingssöhne seien nicht weitblickend, denn sie hätten gesagt, daß sie die Völsunge nicht fürchten würden: »jetzt aber führt dieses Heer Sigurd, Sigmunds Sohn«. König Lyngvi ließ durch sein ganzes Reich ein Heergebot ergehen. Er wollte sich nicht auf die Flucht begeben, sondern entbot zu sich alle Mannen, die ihm Hilfe leisten wollten. Er zog mit einem gar großen Heere Sigurd entgegen, und seine Brüder mit ihm. Da erhob sich die härteste Schlacht zwischen ihnen; da konnte man in der Luft sehen manchen Speer und Pfeil, manche Streitaxt

mutig geschwungen, Schilde zerschroten und Brünnen zerschlißen, Helme zerhau'n und Schädel gespalten, und manchen Mann zur Erde stürzen. Und als die Schlacht schon lange Zeit so gedauert hatte, drang Sigurd vor, an den Bannern vorbei und hatte das Schwert Gram in der Hand: er hieb beides, Reiter und Rosse, nieder, stürmte durch die Schlachtordnung und hatte beide Arme blutig bis zur Achsel; das Volk floh davon, wo er nur hinkam; vor ihm hielt weder Helm noch Harnisch – niemand glaubte zuvor einen solchen Mann gesehen zu haben. Diese Feldschlacht dauerte lange, viele Männer fielen, heftig war der Angriff. Da geschah, was sich selten mag begeben, wo das Landheer stets zuströmt, daß es doch zu nichts führte: es fielen da so viele auf Seiten der Hundingssöhne, daß niemand ihre Zahl anzugeben wußte. Als Sigurd zuvorderst in der Schlachtordnung stand, kamen ihm die Söhne König Hundings entgegen. Sigurd hieb nach König Lyngvi und spaltete ihm Helm und Haupt und den gepanzerten Leib. Darauf hieb er Hjörvard, dessen Bruder, in zwei Stücke und erschlug dann alle Hundingssöhne, die noch am Leben waren, und den größten Teil ihres Heeres.
Nun kehrte Sigurd mit glänzendem Siege, großem Gute und Ruhm zurück, so er auf diesem Zuge gewonnen hatte. Da wurden für ihn Gastmähler daheim im Reiche bereitet. Und als Sigurd kurze Zeit daheim gewesen war, suchte Regin wiederum eine Unterredung mit ihm und sagte: »Nun wirst du Fafnir den Helm vom Haupte stoßen wollen, wie du versprochen hast, denn nun hast du deinen Vater und deine andren Gesippen gerächt.« Sigurd antwortete: »Ich werde das erfüllen, was ich verheißen habe – es kommt mir nicht aus dem Gedächtnis.«

18. Regin und Sigurd reiten

Nun ritten sie, Sigurd und Regin, hinab auf die Heide zu dem Wege, auf dem Fafnir zu kriechen pflegte, wenn er sich hinab nach dem Wasser begab; und das wird erzählt, daß die Klippe dreißig Klafter hoch war, auf der er am Wasser lag, wenn er trank. Da sprach

Sigurd: »Du sagtest doch, Regin, daß der Drache nicht größer wäre als ein Lindwurm, aber mir scheint seine Wegspur übermäßig groß.« Regin sprach: »Mach eine Grube und setze dich hinein; wenn der Wurm nach dem Wasser kriecht, dann stich ihm das Schwert ins Herz und bring ihn so zu Tode – davon gewinnst du großen Ruhm.« Sigurd antwortete: »Wie wird es dann ergehen, wenn ich mit dem Blute des Wurms in Berührung komme?« Regin sprach: »Nicht kann ich dir Rat erteilen, denn bange bist du vor allem und jedem und gleichst wenig deinen Gesippen an Heldenmut.«

Sigurd ritt dann auf die Heide, Regin aber machte sich davon, überaus bange. Sigurd grub eine Grube, und als er bei dieser Arbeit war, kam zu ihm ein alter Mann mit langem Barte und fragte, was er da mache. Er gab es an. Da sprach der alte Mann: »Das ist unrätlich; mach mehrere Gruben und laß da hinein das Blut rinnen, du aber setz dich dort hinein und stoß dem Wurm das Schwert ins Herz.« Da verschwand der Mann. Sigurd aber machte Gruben, wie ihm vorgeschrieben war.

Und als der Wurm nach dem Wasser kroch, ward ein so starkes Erdbeben, daß die ganze Erde in der Nähe bebte. Er schnob den ganzen Weg Gift vor sich her. Sigurd aber erschrak nicht, noch fürchtete er sich vor dem Getöse; als der Wurm über die Grube kroch, da stieß ihm Sigurd das Schwert unter dem linken Bug hinein, so daß es bis an den Griff eindrang. Dann sprang Sigurd aus der Grube hervor, zog das Schwert an sich und hatte die ganzen Arme blutig bis zur Achsel hinauf. Als der große Wurm seine Todeswunde fühlte, da schlug er mit Haupt und Schwanz, so daß alles entzwei brach, was ihm in den Weg kam. Und als Fafnir die Todeswunde empfangen hatte, da fragte er: »Wer bist du, und wer ist dein Vater, und welches ist dein Geschlecht, daß du so kühn bist und wagst, die Waffen wider mich zu tragen?« Sigurd sprach: »Mein Geschlecht ist den Menschen unbekannt. Ich heiße edles Tier, habe keinen Vater noch Mutter, und allein bin ich gewandert.« Fafnir antwortete: »Wenn du keinen Vater noch Mutter hast, von welchem Wunderwesen bist du denn geboren? Und wenn du mir auch in meiner letzten Stunde deinen Namen nicht nennst, so heiß ich dich Lügner.« Er antwortete: »Ich heiße Sigurd, und mein

Vater Sigmund.« Fafnir erwiderte: »Wer reizte dich zu dieser Tat, und wodurch ließest du dich dazu reizen? Hattest du nicht gehört, wie alles Volk sich fürchtete vor mir und meinem Schreckenshelm? Du helläugiger Knabe hattest einen tapfern Vater.« Sigurd antwortete: »Hierzu reizte mich mein Mut, meine starke Rechte half mir dazu, daß es ausgeführt wurde, und dieses scharfe Schwert, das du soeben kennen lerntest – keiner noch ward kühn als Greis, der in der Kindheit kraftlos war.« Fafnir erwiderte: »Das weiß ich, daß du, wenn du bei deinen Gesippen aufgewachsen wärst, zornig zu kämpfen wissen würdest. Aber das ist höchst wunderbar, daß ein Kriegsgefangener, der Ketten trug, sich erkühnt haben sollte, gegen mich zu kämpfen – denn Unfreie sind immer voll Angst im Kampfe.« Sigurd sprach: »Du wirfst mir vor, daß ich fern von meinen Gesippen weilte; aber ob ich auch kriegsgefangen war, so trug ich doch keine Ketten; und du hast es gefühlt, daß ich frei war.« Fafnir antwortete: »Als Zorneswort faßt du alles auf, was ich sage – aber dieser Hort, den ich gehabt habe, bringt dich zur Hel.« Sigurd sprach «Jeder will seines Reichtums raten bis zu seinem Todestage, und einmal muß doch jeder sterben.« Fafnir antwortete: »Wenig willst du nach meinen Ratschlägen handeln; aber ertrinken wirst du, wenn du unvorsichtig über See fährst – warte lieber am Lande, bis der Wind sich legt.« Sigurd sprach: »Sage mir, Fafnir, wenn du viel erfahren bist: Welcher Art sind die Nornen, die Mütter erlösen von Leibesfrucht?« Fafnir entgegnete: »Viel sind sie und verschieden gestaltet. Etliche stammen von den Asen, etliche von den Alfen, und etliche von Dvalins Geschlecht.« Sigurd fragte: »Wie heißt das Eiland, wo die Asen den Schwerttau zusammen mit Gurt mischen?« Fafnir antwortete: »Oskopnir heißt es.« Fafnir sprach weiter: »Regin, mein Bruder, riet mir den Tod, und das freut mich, daß er auch dir den Tod rät – so geschieht es dann, wie er wollte.« Weiter sprach Fafnir: »Den Schreckenshelm trug ich zum Schutz gegen alles Volk, seitdem ich auf dem Erbe meines Bruders lag; und so schnob ich Gift nach allen Seiten hin von mir fort, daß niemand noch mir zu nahen wagte; kein Schwert schreckte mich, und nie fand ich so viele Männer gegenüber, daß ich mich nicht weit stärker dünkte, alle aber hatten Angst vor mir.« Sigurd antwortete: »Der Schreckenshelm, von dem du schwatzest, schützt wohl keinen; denn jeder, der mit vielen zusammentrifft, findet das irgend einmal, daß keiner der Kühnste ist.« Fafnir antwortete: »Das rate ich dir, nimm dein Roß und reite schleunigst von hinnen; denn oft begibt es sich, daß der, der die Todeswunde empfängt, sich selber rächt.« Sigurd antwortete: »Das ist dein Rat, aber anders werde ich handeln: ich werde nach deiner Behausung reiten und dort den reichen Hort holen, den deine Gesippen besessen haben.« Fafnir entgegnete: »Du wirst dahin reiten, wo du so viel Gold findest, daß es für dein Leben ausreicht – aber der Hort bringt dich zur Hel und jeden andern, dem er gehört.« Sigurd stand auf und sagte: »Heim würde ich reiten, und sollte ich auch dieses viele Gold missen, wenn ich wüßte, daß ich niemals zu sterben brauchte – doch jeder kühne Mann will schalten mit dem Schatz bis zu dem einen Tage. Du aber, Fafnir, liege im letzten Todeskampfe, wo dich Hel habe!« Und da starb Fafnir.

19. Regin trinkt Fafnirs Blut

Darauf kam Regin zu Sigurd und sprach: »Heil, mein Herr, großen Sieg hast du erstritten, da du Fafnir gefällt hast; ihm gegenüber war bisher keiner so kühn, daß er auf seinem Wege zu sitzen wagte, und diese Heldentat wird im Gedächtnis fortleben, solange die Welt steht.« Nun stand Regin auf und sah lange Zeit zur Erde nieder, dann sagte er in großer Erregung: »Meinen Bruder hast du erschlagen, und schwerlich bin ich selbst schuldlos an dieser Tat.« Da nahm Sigurd sein Schwert Gram, wischte es am Grase ab und sagte zu Regin: »Weit fort schlichst du, als ich diese Tat vollbrachte; ich versuchte dies scharfe Schwert mit meiner Hand, meine Kraft setze ich wider des Wurmes Macht, während du dich im Heidekraut verkrochst und Himmel und Erde nicht unterscheiden konntest.« Regin antwortete: »Dieser Wurm hätte lange liegen können in seiner Behausung, wenn du das Schwert nicht benutzt hättest, das ich dir schuf mit meiner Hand – weder du hättest das vollbracht noch ein andrer.« Sigurd entgegnete: »Wo Tapfere sich treffen zum Streite, da ist dem Manne Mut mehr wert als sein scharfes Schwert.« Da sagte Regin zu Sigurd in schwerem Kummer: »Du hast meinen Bruder erschlagen, und schwerlich bin ich selbst schuldlos an dieser Tat.« Darauf schnitt Regin das Herz aus dem Wurme mit dem Schwerte, das Ridil hieß. Da trank Regin Fafnirs Blut und sprach: »Gewähre mir eine Bitte, die leicht auszuführen ist: geh zum Feuer mit dem Herzen, brat es und bring es mir zum Essen.« Sigurd ging und briet das Herz am Spieße, und als der Saft herausquoll, rührte er mit seinem Finger daran und probierte, ob es schon gebraten wäre. Er verbrannte sich und steckte den Finger in seinen Mund; und als das Herzblut des Wurms ihm an die Zunge kam, da verstand er die Vogelsprache.

20. Sigurd ißt das Drachenherz

Er hörte, wie Meisen im Gezweig neben ihm zwitscherten: »Da sitzt Sigurd und brät Fafnirs Herz. Das sollte er selber essen, dann würde er weiser als irgendwer«. Die zweite Meise sang: »Da liegt Regin und will den betrügen, der ihm traut.« Die dritte sang: »Er haue das Haupt ihm ab, dann mag er allein mit den vielen Schätzen schalten.« Da sang die vierte: »Da würde er weiser, wollte er nützen den guten Rat, den ihr ihm gegeben hattet, ritte darauf zum Lager Fafnirs, nähme das viele Gold, das dort liegt, und ritte sodann hinauf nach Hindarfjall, wo Brynhild schläft – dort wird er große Weisheit lernen. Dann wäre er weise, wenn er euren Rat befolgte und auf seinen Vorteil sänne – da erwarte ich den Wolf, wo ich seine Ohren sah.« Da sang die fünfte: »Nicht ist er so weise, wie ich bisher wähnte, wenn er seiner schont, nachdem er vorher seinen Bruder gefällt hat.« Da sang die sechste: »Das wäre ein richtiger Rat, wenn er ihn erschlüge und allein des Hortes waltete.« Da sagte Sigurd zu sich selbst: »Das Unheil soll nicht eintreten, daß Regin mir das Leben raubt. Lieber sollen beide Brüder denselben Weg gehen.« Er zückte das Schwert Gram und hieb Regin das Haupt ab. Darauf aß er einen Teil des Herzens des Wurmes, aber etwas verwahrte er.

Sodann schwang er sich auf sein Roß, ritt der Spur Fafnirs nach, bis zu seiner Höhle und fand, daß sie offen war: alle Türen waren von Eisen, ebenso alle Türgerüste, von Eisen waren auch alle Pfeiler im Hause, und dieses stand ganz in der Erde. Sigurd fand da eine große Menge Goldes und das Schwert Hrotti, er nahm da den Schreckenshelm und die Goldbrünne und viele Kostbarkeiten. Er fand da so viel Gold, daß ihm wahrscheinlich schien, daß zwei oder drei Rosse nicht mehr auf ihrem Rücken würden tragen können. Er nahm alles Gold und tat es in zwei große Kisten. Darauf nahm er das Roß Grani beim Zügel, aber das Roß wollte nicht gehen, und es nützte nichts, es anzuspornen. Da merkte Sigurd, was der Hengst wollte; er schwang sich auf seinen Rücken und gab ihm die Sporen: da rannte das Roß, wie wenn es ohne Bürde wäre.

21. Sigurd und Brynhild

Sigurd ritt weite Wege, bis daß er hinauf zum Hindarfjall kam, und wandte sich südwärts nach Frankenland. Auf dem Berge sah er vor sich ein großes Licht, wie wenn ein Feuer brennte, und der Schein ging davon bis zum Himmel empor. Als er aber herankam, stand vor ihm eine Schildburg, und über ihr flatterte eine Fahne. Sigurd ging durch den Schildzaun und sah, daß da ein Mensch schlief und lag in voller Rüstung. Er nahm ihm zuerst den Helm vom Haupte und sah, daß es ein Weib war: sie war im Panzer, und der saß so fest, wie wenn er ans Fleisch festgewachsen wäre. Da schlitzte Sigurd die Brünne durch oben von der Halsöffnung an bis ganz hernieder und ebenso die beiden Ärmel entlang, sie wurde zerschnitten wie ein Kleid. Sigurd sagte, sie habe gar lange geschlafen. Sie fragte, was so stark gewesen wäre, daß es die Brünne zerschnitt »und meinen Schlaf brach? Sigurd wird hergekommen sein, Sigmunds Sohn, der den Helm Fafnirs hat und seinen Töter in der Hand?« Sigurd antwortete: »Der ist vom Geschlecht der Völsunge, der diese Tat vollbracht hat, und das habe ich gehört, daß du eines mächtigen Königs Tochter bist; ebenso ist mir erzählt worden von deiner Schönheit und Weisheit, das will ich jetzt erproben.« Brynhild antwortete: »Zwei Könige kämpften gegen einander; der eine hieß Hjalmgunnar, er war alt und der tapferste Krieger, und Odin hatte ihm den Sieg verheißen; der andere hieß Agnar oder Audabrodir. Ich fällte Hjalmgunnar im Kampfe, Odin aber stach mich mit dem Schlafdorn zur Strafe dafür und sagte, daß ich nimmer fortan Sieg im Kriege erkämpfen sollte, und er gebot, daß ich mich vermählen sollte. Ich aber tat ein Gelübde dagegen, mich keinem solchen zu vermählen, der sich fürchten könnte. Sigurd sprach: »Erteile mir Rat zu hohen Dingen.« Sie antwortete: »Du wirst der Weisere sein – doch gern will ich dich lehren, wenn unter dem, was ich an Runen weiß oder andern Dingen, die zu jeder Sache nützlich sind, etwas ist, das dir gefallen möchte. Laß uns beide zusammen trinken: mögen die Götter uns einen guten Tag geben, daß dir werde Nutzen und Ruhm von meiner Weisheit her und du dich später dessen erinnerst, das wir reden.« Brynhild füllte einen Becher, brachte ihn Sigurd dar und sprach:

6

Bier ich bringe dir,
Brünnenthings Walter!
Mit Stärke gemischt
Und stolzem Ruhm;
Gewürzt mit Weisheit
Und Wundsegen,
Mit Zauberliedern
Und Liebeszeichen.

7

Siegrunen sollst du kennen,
Wenn du klug willst sein,
Grab' in des Schwertes Griff sie,
In Rinne und Rücken.
Zu Tyr zu rufen
Zweimal, zaudere nicht!

8

Brandungsrunen sollst du brauchen,
Wenn du willst geborgen haben
Auf der See die Segelrosse;
In das Steuer die Stäbe,
Ins Ruder brenne die Runen,
Nicht so schwer ist die Sturzsee,
So schwarz nicht ihr Schwall,
Die Landung gelingt dir doch sicher.

9

Rederunen sollst du kennen,
Dann erreichst du, daß keiner
Mit Haß vergilt dir Harm;
Die winde man,
Die webe man,
Die setze man alle zusammen
Auf der Landgemeinde,
Wenn die Leute sollen
Zu gerechten Gerichten reiten.

10

Älrunen sollst du kennen,
Soll die Frau eines andern
Nicht trügen dich, wenn du traust;
Ins Trinkhorn sie ritze,
Auf den Rücken der Hand,
Auf das Nagelzeichen »Not«.

11

Den Becher sollst du segnen,
Vor Bösem dich hüten
Und tu in den Trank Lauch;
Das weiß ich gewiß,
Dir wird dann auch niemals
Mit Gift gemischt der Met.

12
Bergerunen sollst du lernen,
Beim Gebären zu helfen
Und Frau'n von der Frucht zu befreien;
Schreib in die Hand sie,
Umschling dann die Kranke,
Hohe Frauen bitte um Beistand.

13
Astrunen sollst du kennen,
Wenn du Arzt willst werden,
Und Wunden, die schlimm sind, beschauen,
In die Borke und Blätter
Des Baumes sie ritze,
Dessen Äste sich neigen nach Osten.

14
Denkrunen sollst du lernen,
Wenn du allen Degen
Überlegen sein willst an List,
Die erriet,
Die ritze ein
Hropt, der sie ersann.

15
Auf den Stahlschild sind sie geritzt,
Der steht vor dem strahlenden Gott,
Auf Arvaks Ohr
Und auf Alsvinns Huf,
Auf dem Rade, das rollt
Unter Rögnirs Wagen,
Auf Sleipnirs Gebiß
Und des Schlittens Bindebalken.

16
Auf des Bären Pranke
Und Bragis Zunge,
Auf den Klauen des Wolfs,
Des Adlers Krummschnabel
Und blutigen Schwingen,
und aufs Ende der Brücke,
Auf erlösende Hand
Und heilende Fußspur.

17
Auf Glas und auf Gold
Und auf gutes Silber,
In Bier und in Wein
Und der Völva Sitz,
Auf Gungnirs Spitze
Und Granis Brust,
Am Nagel der Norne
Und der Nachteule Schnabel.

18
Abgeschabt waren alle,
Die eingeritzt waren,
Und mit heiligem Met gemischt
Und gesandt in die weite Welt;
Die sind bei den Elben,
Die bei den Asen
Und die bei den weisen Vanen,
Und manche haben die Menschen.

19
Das sind die Buchenrunen
Und Bergerunen
Und alle Älrunen
Und köstlichen Kraftrunen,

Dem der sie ungeirrt
Und unverwirrt
Sich zum Heile hat.
Nütze, was du vernommen,
Bis die Götter vergehen.

20
Wählen jetzt sollst du,
Die Wahl steht dir frei,
Scharfer Schwerter-Baum!
Neigen oder Schweigen
Entscheide du selbst,
Jedes Wort ist wohl erwogen.

Sigurd antwortete:

21
Nicht werde ich fliehn,
Weißt du auch todgeweiht mich,
Ich bin nicht als Banger geboren;
Den Besitz deiner Liebe
Soll ich genießen,
So lange wie ich lebe.

22. Brynhilds weise Ratschläge

Sigurd sagte: »Nimmer findet sich eine weisere Frau in der Welt, als du bist, lehre mich noch mehr klugen Rat!« Sie antwortete: »Deinem Wunsche kann gewillfahrt und dir freundschaftlicher Rat erwiesen werden, wegen deiner Wißbegier und wegen deines Drangs nach Weisheit.« Da begann sie: »Sei gut zu deinen Verwandten und räche nicht Feindseligkeiten an ihnen, sondern trag sie mit Geduld, und du erlangst davon langwährendes Lob.
Nimm dich in acht vor Bösem, verführe kein Mädchen und keines Mannes Frau, davon kommt oft Unheil.

Werde nicht uneinig mit Toren auf dem Thing, das von vielen Menschen besucht ist: sie schwatzen oft Schlimmeres nach, als sie wirklich wissen, und du wirst sofort für einen Feigling erklärt, und es wird geglaubt, daß du mit Recht beschuldigt seist – töte ihn am andern Tage und lohne so seine Lüge.
Wenn du einen Weg fährst, wo arge Unholde wohnen, hüte dich: nimm nicht Herberge dicht an der Straße, wenn auch die Nacht dir nahe ist, denn oft hausen da arge Unholde, die die Menschen irre führen.
Laß dich nicht schöne Frauen betrügen, wenn du sie auch bei Festen siehst, so daß es dir den Schlaf raubt oder du davon Herzenskummer erhältst – locke sie nicht an dich mit Küssen oder andrer Freundlichkeit.
Wenn du törichte Worte trunkener Männer hörst, so hadere nicht mit ihnen, während sie weintrunken sind und ihre Sinne nicht beisammen haben – solches bringt dem einen groß Elend, dem andern Tod.
Lieber ficht mit deinen Feinden, als daß du dich im Feuer verbrennen läßt.
Und schwör keinen falschen Eid, denn grimmige Rache folgt dem Friedensbruche.
Handle nicht lieblos an Leichen Siechtoter, Seetoter oder durch Waffen Getöteter – bestatte Verstorbene sorgfältig!
Traue nicht dem, dem du zuvor den Vater getötet hast oder den Bruder oder einen andern nahen Verwandten, wenn er auch noch jung ist – oft erwächst dir ein Wolf in einem Waisenkind.
Sei auf der Hut vor verräterischen Ränken deiner Freunde. Zwar kann ich wenig von deinem Leben voraussehen – doch sollte nicht Haß von Schwägern über dich kommen!«
Sigurd sprach: »Einen gescheitern Menschen als dich gibt es nicht. Und das schwöre ich, daß ich dich zur Frau haben will, du bist nach meinem Herzen.« Sie antwortete: »Dich will ich am liebsten haben, und hätt' ich unter allen Männern zu wählen.« Und dies bekräftigten sie mit Eiden untereinander.

23. Sigurds Aussehen

Darauf ritt Sigurd fort. Sein Schild war so abgebildet: er war überzogen mit rotem Golde, und darauf war gemalt ein Drache, der war dunkelbraun an der obern und schön rot an der untern Hälfte, und auf dieselbe Weise war sein Helm und Sattel und Waffenrock abgebildet. Er trug eine Goldbrünne, und alle seine Waffen waren mit Gold geschmückt. Und deshalb war ein Drache auf allen seinen Waffen abgebildet, daß man, wenn dieser Drache gesehen wird, wissen kann, wer dort reitet, ein jeder von allen denen, die erfahren haben, daß er den großen Drachen erschlug, den die Wäringer Fafnir nennen. Und deshalb waren alle seine Waffen mit Gold geschmückt und braun von Farbe, weil er weit voraus war vor allen andern Männern an ritterlichem Anstand und höfischem Benehmen und fast in allen Dingen. Und wenn alle die stärksten Kämpen und die berühmtesten Häuptlinge aufgezählt werden, da wird er stets als der erste genannt werden, und sein Name geht in allen Sprachen nördlich vom Griechischen Meer, und so wird es bleiben, so lange die Welt steht.

Sein Haar war braun von Farbe, schön anzusehen und fiel in langen Locken herab; sein Bart war dicht, kurz und von derselben Farbe. Er hatte eine hohe Nase und ein breites, starkknochiges Antlitz. Seine Augen waren so scharf, daß wenige wagten ihm unter die Augenbrauen zu blicken. Seine Schultern waren so breit, als ob es die Schultern von zwei Männern wären. Sein Leib war ganz ebenmäßig geschaffen an Höhe und Dicke und auf solche Weise, wie es am besten paßte. Es gibt dies Merkzeichen seiner Größe, daß, wenn er sich mit seinem Schwerte Gram umgürtete (und das war sieben Spannen hoch) und durch ein reifes Roggenfeld ging, der Tauschuh am Schwerte nach unten die emporstehenden Ähren berührte. Seine Stärke war noch größer als sein Wuchs.

Wohl vermochte er mit dem Schwerte anzugreifen, den Speer zu schießen, den Schaft zu werfen, den Schild zu halten, den Bogen zu spannen oder Rosse zu reiten, und mancherlei Ritterschaft lernte er in der Jugend. Er war ein weiser Mann, so daß er noch ungeschehene

Dinge voraus wußte; er war vogelsprachkund, und deshalb kamen ihm wenige Dinge unerwartet. Im Reden war er ausführlich und gewandt, er begann nicht von einer Sache zu sprechen, daß er früher aufgehört hätte, als bis es allen schien, wie wenn es nicht anders sein könnte als so, wie er sagte. Und das war seine Lust, seinen Mannen Hilfe zu leisten und sich selbst in Heldentaten zu versuchen, seinen Feinden Gut abzunehmen und es seinen Freunden zu geben. Nie mangelte es ihm an Mut, und niemals kannte er Furcht.

24. Sigurd kommt zu Heimir

Sigurd ritt, bis daß er zu einem großen Hofe kam; darüber herrschte ein mächtiger Häuptling, der Heimir hieß. Er hatte Bynhilds Schwester zur Frau, die Bekkhild hieß, denn sie war daheim geblieben und hatte weibliche Handarbeiten gelernt; Brynhild aber trug Helm und Brünne und zog in den Krieg – darum ward sie Brynhild genannt. Heimir und Bekkhild hatten einen Sohn, der Alsvinn hieß, an ritterlichem Anstand alle übertreffend.

Dort spielten Männer draußen; und als sie den Ritt des Helden nach dem Hofe sahen, hörten sie auf mit Spielen und verwunderten sich über den Mann, denn sie hatten noch keinen solchen gesehen; sie gingen ihm entgegen und begrüßten ihn freundlich. Alsvinn bot ihm an, bei ihm zu bleiben und von ihm anzunehmen, was immer er wollte. Sigurd nahm das an. Es wurde angeordnet, daß man ihm in ehrenvollster Weise diente: vier Mann hoben das Gold vom Rosse, der fünfte nahm es in Empfang. Da konnte man manche gute und selten zu sehende Kleinode schauen, und man unterhielt sich damit, Panzer und Helme und große Ringe zu besehen und wunderbar große Goldbecher und Heergeräte aller Art.

Sigurd verweilte hier lange in großen Ehren: bekannt wurde damals diese Heldentat in allen Landen, daß er den furchtbaren Drachen erschlagen hatte. Sigurd und Alsvinn liebten sich sehr, es war ein jeder dem andern hold. Sie unterhielten sich damit, ihre Waffen zuzurüsten, hölzerne Pfeilschäfte zu schnitzen und mit ihren Habichten zu beizen.

25. Sigurds Gespräch mit Brynhild

Da war auch heimgekommen zu Heimir Brynhild, seine Pflegetochter: sie saß im Frauengemach mit ihren Mägden, sie hatte mehr Geschicklichkeit denn andre Frauen. Sie überspann ihr Gewebe mit Gold und stickte darauf die Heldentaten, die Sigurd verrichtet hatte: den Tod des Wurmes, die Erwerbung des Hortes und den Tod Regins.

Und eines Tages, so wird erzählt, ritt Sigurd in den Wald mit seinen Hunden und Habichten (Falken) und vielem Gefolge, und als er heimkam, flog ein Habicht auf einen hohen Turm und setzte sich an ein Fenster. Sigurd stieg dem Habicht nach; da sah er ein schönes Weib und erkannte, daß es Brynhild war, und ihn dünkte beides gleich wertvoll, ihre Schönheit und die Arbeit, an der sie stickte.

Er ging in die Halle und wollte keine Unterhaltung mit den Männern haben. Da sprach Alsvinn: »Warum bist du so schweigsam? Dies dein Gebaren härmt mich und deine Freunde – warum kannst du nicht fröhlich sein? Deine Habichte lassen den Kopf hängen und ebenso dein Hengst Grani – wir werden dem nur langsam abhelfen können.« Sigurd antwortete: »Guter Freund, höre, was ich überlege: mein Habicht floh auf einen Turm, und als ich ihn fing, da sah ich ein schönes Weib; sie saß an einem Teppich mit golden eingewebten Gestalten und stickte darauf meine vergangenen und vollbrachten Taten.«

Alsvinn antwortete: »Du hast Brynhild gesehen, Budlis Tochter, die eine große Heldenjungfrau ist.« Sigurd sprach: »Das wird wahr sein – vor wie langer Zeit kam sie her?« Alsvinn antwortete: »Kurze Zeit war dazwischen, zwischen ihrer und eurer Ankunft.« Sigurd sagte: »Das erfuhr ich erst vor wenigen Tagen – diese Frau hat mir am besten gefallen auf der Welt.« Alsvinn sprach: »Achte nicht nur auf das eine Weib, ein Mann wie du! Übel ist es darum zu bitten, was man nicht erlangen kann.« »Sie muß ich besuchen«, sagte Sigurd, »und ihr Gold geben, ihre Liebe erlangen und ihre Huld.« Alsvinn erwiderte: »Kein Mann wurde noch jemals gefunden, dem sie den Platz neben sich gewährt oder Äl zu trinken gegeben hätte – an Heerfahrten will sie

teilnehmen und Heldentaten vollführen.« Sigurd antwortete: »Wir wissen nicht, ob sie mir antworten wird oder nicht, oder mir einen Platz neben sich gewähren.«
Tags darauf ging Sigurd nach dem Frauengemache, Alsvinn stand draußen vor der Kammer und schäftete seine Pfeile. Sigurd sprach: »Heil dir, Frau! Wie geht es dir?« Sie antwortete: »Gut geht es mir – Gesippen und Freunde leben. Aber es ist ungewiß, welches Schicksal die Menschen haben bis zu ihrem Todestage.« Er setzte sich neben sie. Darauf kamen vier Frauen herein mit großen goldenen Tischbechern, gefüllt mit dem herrlichsten Weine und standen vor ihnen. Da sprach Brynhild: »Dieser Sitz wird wenigen gewährt, außer wenn mein Vater kommt.« Er antwortete: »Jetzt ist der Sitz dem gewährt, von dem es mir lieb ist, daß er ihn einnimmt.« Das Zimmer war mit den teuersten Teppichen behängt, und die Dielen ganz mit Decken belegt. Sigurd sprach: »Nun hat sich das erfüllt, was du mir verhießest.« Sie antwortete: »Du sollst hier willkommen sein.« Darauf erhob sie sich, und die vier Mägde mit ihr, trat vor ihn mit einem Goldbecher und forderte ihn auf zu trinken. Er streckte die Hand nach dem Becher aus, ergriff ihre Hand mit und setzte sich neben sie; er faßte sie um den Hals, küßte sie und sprach: »Keine Frau ist schöner geboren als du!« Brynhild sprach: »Ein kluger Rat ist es, sein Vertrauen nicht auf eine Frau zu setzen und sich dadurch in ihre Gewalt zu begeben, denn sie brechen stets ihre Gelübde.« Er sprach: »Der Tag käme als der glücklichste über mich, da wir einander genießen könnten.« Brynhild antwortete: »Es ist nicht bestimmt, daß wir beisammen wohnen: ich bin eine Schildjungfrau und trage den Helm bei Heerkönigen – ihnen will ich zu Hilfe kommen, und nicht ist es mir leid, zu streiten.« Sigurd antwortete: »Dann wird es uns am bestehen gehen, wenn wir beisammen wohnen; schwerer ist es, den Kummer zu dulden, der damit in Verbindung steht, als scharfe Waffen.« Brynhild antwortete: »Ich werde die Schar der Heermannen mustern, aber du wirst Gudrun, Gjukis Tochter, heiraten.« Sigurd sprach: »Mich betrügt keine Königstochter, und nicht bin ich darin wankelmütig; das schwöre ich bei den Göttern, daß ich dich besitzen will oder keine Frau sonst.« Sie sagte dasselbe. Sigurd dankte ihr für

diese Erklärung und gab ihr einen Goldring – sie schwuren sich nun von neuem Eide. Darauf ging er hinweg zu seinen Mannen und war da eine Weile mit großem Ruhme.

26. König Gjuki und seine Söhne

Gjuki hieß ein König, er hatte ein Reich südlich am Rhein. Er hatte drei Söhne, die so hießen: Gunnar, Högni und Gutthorm; Gudrun hieß seine Tochter, sie war die berühmteste Jungfrau. Diese Kinder ragten weit über andre Königskinder an jeglicher Tüchtigkeit, an Schönheit und an Wuchs. Sie waren immer auf Heerfahrten und vollbrachten manche rühmliche Tat. Gjuki hatte zur Gemahlin die zauberkundige Grimhild.

Budli hieß ein König, der war mächtiger als Gjuki, obwohl doch beide mächtig waren. Atli hieß Brynhilds Bruder; der war ein grimmer Mann, groß und schwarzhaarig und doch ansehnlich, der größte Krieger.

Grimhild war ein grimm gesinntes Weib. Die Macht der Gjukunge stand in großer Blüte, und zumal durch Gjukis Kinder, die die meisten weit überragten.

Einmal sagte Gudrun zu ihren Mägden, daß sie nicht froh sein könnte. Eine Frau fragte sie, was sie traurig machte. Sie antwortete: »Ich hatte unglückliche Träume; darum ist mir Harm im Herzen – deute mir den Traum, nach dem du fragst.« Die Frau erwiderte: »Sag es mir und ängstige dich nicht, denn stets hat man vor Stürmen Träume.« Gudrun antwortete: »Dies bedeutet keinen Sturm. Mir träumte, daß ich einen schönen Habicht auf meiner Hand sah, seine Federn waren von goldiger Farbe.« Die Frau sagte: »Viele haben von deiner Schönheit, Klugheit und feinen Sitten gehört – ein Königssohn wird um dich werben.« Gudrun sagte: »Kein Ding dünkte mich besser als dieser Habicht, und all mein Gut wollte ich lieber lassen als ihn.« Die Frau sagte: »Der, den du erhältst, wird sehr tüchtig sein, und du wirst ihn von Herzen lieben.« Gudrun antwortete: »Das bekümmert mich, daß ich nicht weiß, wer er ist – wir wollen Brynhild besuchen, sie wird es wissen.«

Sie schmückten sich mit Gold und großer Pracht und fuhren mit ihren Mägden, bis daß sie nach der Halle Brynhilds kamen. Diese Halle war geschmückt mit Gold und stand auf einem Berge. Als ihre Fahrt wahrgenommen wurde, da ward Brynhild gesagt, daß viele Frauen nach der Burg führen mit vergoldeten Wagen. »Das wird Gudrun sein, Gjukis Tochter,« sagte Brynhild, »denn mir träumte von ihr diese Nacht – gehn wir hinaus ihr entgegen.«

Sie gingen hinaus ihr entgegen und begrüßten sie freundlich. Dann gingen sie hinein in die Halle: der Saal war innen bemalt und reich mit Silber geschmückt, Teppiche waren ihnen unter die Füße gebreitet, und alle dienten ihnen; sie hatten mancherlei Spiele. Gudrun aber war wortkarg. Brynhild sprach: »Warum kannst du dich nicht freuen? Tu nicht also, sondern wir wollen uns allesamt vergnügen und von mächtigen Königen sprechen und ihren Heldentaten.« »Tun wir das!« sprach Gudrun. »Welche Könige sind dir als die vortrefflichsten bekannt?« Brynhild antwortete: »Die Hamunds-Söhne Haki und Hagbard; sie vollbrachten manche ruhmvolle Tat auf Heerfahrt.« Gudrun antwortete: »Groß waren sie und berühmt, aber doch raubte Sigar ihre Schwester und verbrannte andre im Hause, und säumig sind sie es zu rächen. Aber warum nennst du nicht meiner Brüder, die jetzt die trefflichsten Männer zu sein scheinen?« Brynhild antwortete: »Das ist zu erwarten, doch noch sind sie nicht genug erprobt, und ich weiß, daß Einer sie weit übertrifft: das aber ist Sigurd, Sigmunds Sohn. Er war damals noch ein Kind, als er erschlug die Söhne Hundings und rächte seinen Vater und Eylimi, seiner Mutter Vater.« Gudrun sagte: »Was ist davon zu erzählen? Sagst du, daß er geboren sei, als sein Vater fiel?« Brynhild antwortete: »Seine Mutter ging auf die Walstatt, fand König Sigmund verwundet und erbot sich, seine Wunden zu verbinden; er aber sagte, er sei zu alt, um ferner zu streiten, und hieß sie sich damit trösten, daß sie den trefflichsten Sohn gebären würde, und die Vermutung eines Weisen erwies sich da als Prophezeiung. Nach dem Tode König Sigmunds fuhr sie mit König Alf, dort wurde Sigurd auferzogen mit großen Ehren, er vollbrachte viele Heldentaten an jedem Tage und ist der berühmteste Mann auf der Welt.« Gudrun sprach: »Aus Liebe hast du Nachforschungen nach ihm angestellt – aber dazu kam ich hierher, dir meine Träume zu sagen, die mir große Unruhe bereiten.« Brynhild erwiderte: »Laß dich solches nicht ängstigen. Weile bei deinen Gesippen, die alle dich erfreuen wollen.«

27. Gudruns Traum wird von Brynhild gedeutet

Es träumte mir,« sagte Gudrun, »daß wir mehrere zusammen aus der Kammer gingen und sahen einen stattlichen Hirsch, der überragte weit andere Tiere; sein Fell war von Golde – wir wollten alle das Tier fangen, aber ich allein erreichte es; das Tier dünkte mich besser als alle andern Dinge – da erschossest du das Tier mir vor dem Schoß, und das war mir ein so großer Harm, daß ich ihn kaum zu ertragen vermochte. Darauf gabst du mir einen jungen Wolf, der bespritzte mich mit dem Blute meiner Brüder.« Brynhild erwiderte: »Ich werde weissagen, wie es später gehen wird: zu euch wird Sigurd kommen, den ich mir zum Manne erkor; Grimhild gibt ihm truggemischten Met, der uns alle in großen Streit bringt. Du wirst ihn besitzen, aber schnell ihn verlieren. Du wirst König Atli zum Gemahl haben – deine Brüder wirst du verlieren, und dann wirst du Atli erschlagen.« Gudrun antwortete: »Übermächtiger Kummer ist es mir, solches zu wissen.« Dann reisten sie ab, heim zu König Gjuki.

28. Sigurds Ankunft bei den Gjukungen. Vergessenheitstrank. Schwurbruderschaft. Heirat mit Gudrun

Sigurd ritt darauf fort mit dem vielen Golde, und sie schieden als Freunde. Er ritt Grani mit all seinem Heergerät und seiner Last, und ritt, bis daß er nach der Halle König Gjukis kam. Da ritt er in die Burg. Das sah einer von den Mannen des Königs und sagte: »Ich glaube, hier kommt einer von den Göttern! Dieser Mann ist ganz mit

Golde geschmückt; sein Roß ist viel größer als andere Rosse, außerordentlich schön ist seine Waffenrüstung und übertrifft bei weitem die andrer Männer, am meisten aber ragt er selbst über andre Männer.« Der König ging hinaus mit seinem Hofgesinde, grüßte den Mann und fragte: »Wer bist du, der du in die Burg reitest, was keiner wagte ohne Erlaubnis meiner Söhne?« Er antwortete: »Ich heiße Sigurd und bin Sigmunds Sohn.« König Gjuki sprach: »Du sollst hier bei uns willkommen sein, und empfange hier das, was du willst.«
Er ging hinein in die Halle, und alle waren klein neben ihm; alle dienten ihm, und er war dort in großem Ansehen. Sie ritten alle Tage zusammen, Sigurd, Gunnar und Högni; aber Sigurd übertraf sie in jeder Geschicklichkeit, und doch waren sie alle gewaltige Männer.
Grimhild gewahrte, wie sehr Sigurd Brynhild liebte, und wie oft er sie erwähnte. Sie erwog bei sich, daß es ein größeres Glück wäre, wenn er sich hier festsetzte und König Gjukis Tochter zur Frau nähme; sie sah, daß keiner sich mit ihm vergleichen konnte, sah auch, welche Stütze an ihm war, und daß er übergroße Schätze hatte, viel mehr, als daß man ein andres Beispiel dafür gewußt hätte. Der König benahm sich gegen ihn wie gegen seine Söhne, diese aber schätzten ihn höher als sich selbst.
Eines Abends, als sie beim Trunke saßen, stand die Königin auf, ging vor Sigurd, begrüßte ihn und sprach: »Freude habe ich über dein Hiersein, und alles Gute will ich euch gewähren – nimm hier das Horn und trink.« Er nahm es und trank. Sie fuhr fort: »König Gjuki soll dein Vater sein und ich deine Mutter, Gunnar und Högni sollen deine Brüder sein und alle, die ihr einander Eide leistet – so werden sich eures Gleichen nicht finden.« Sigurd nahm das wohl auf, und durch diesen Trank dachte er nicht mehr an Brynhild. Er weilte da lange Zeit.
Einmal ging Grimhild vor König Gjuki, legte ihre Hände um seinen Hals und sagte: »Hierher ist nun der größte Kämpe gekommen, der auf der Welt gefunden werden kann, an ihm wäre uns eine große Stütze – gib ihm deine Tochter mit großem Gut und einem solchen Reiche, wie er will: so könnte er es sich hier wohl gefallen lassen!« Der König sagte: »Ungebräuchlich ist es, seine Tochter anzubieten; doch ehrenvoller ist es, sie ihm anzubieten als daß andre um sie werben.«

Eines Abends schenkte Gudrun. Sigurd bemerkte, daß sie ein schönes Weib war und in jeder Hinsicht feinstes höfisches Benehmen hatte.

Fünf Halbjahre war Sigurd dort, so daß sie beieinander in Ruhm und Freundschaft saßen, und die Könige berieten zusammen. König Gjuki sprach: »Viel Gutes erweisest du uns, Sigurd, und kräftig hast du unsre Herrschaft gestärkt.« Gunnar sagte: »Alles wollen wir dazu tun, daß du lange hier bleibst; beides, unser Reich und unsre Schwerter bieten wir dir an; kein andrer würde sie bekommen, wenn er auch um sie bäte.« Sigurd antwortete: »Habt Dank für eure Auszeichnung! Ich will es annehmen.« Sie schwuren sich nun Blutsbrüderschaft, als wenn sie von derselben Mutter geboren wären.

Nun ward ein herrliches Fest gerüstet, das dauerte viele Tage. Sigurd trank den Brautlauf mit Gudrun: da konnte man Freude und Unterhaltung mancherlei Art sehen, und jeden nächsten Tag war die Bewirtung besser als am vorhergehenden.

Sie zogen weit durch die Lande und vollbrachten manche Heldentat, erschlugen viel Königssöhne; kein andrer verrichtete solch Heldenwerk wie sie – dann fuhren sie heim mit großer Beute.

Sigurd gab Gudrun von Fafnirs Herz zu essen, und seitdem war sie weit grimmiger als zuvor, und auch weiser. Ihr Sohn hieß Sigmund.

Einmal ging Grimhild zu Gunnar, ihrem Sohne, und sprach: »Deine Macht steht in voller Blüte, abgesehen davon, daß du unvermählt bist. Wirb um Brynhild! Das ist die vornehmste Heirat, Sigurd wird mit dir reiten.« Gunnar antwortete: »Gewiß ist sie schön, ich habe wohl Lust dazu.« Er sagte es seinem Vater, seinen Brüdern und Sigurd, und alle munterten ihn dazu auf.

29. Sigurd durchreitet Brynhilds Waberlohe. Hochzeit Gunnars

Darauf rüsteten sie sich mit Umsicht zur Reise, ritten dann durch Felsen und Täler zu König Budli und brachten ihre Werbung an. Er nahm sie freundlich auf, wenn sie nicht Nein sagen würde, bemerkte aber, sie wäre so stolz, daß sie nur den zum Manne nehmen würde, den sie wollte.

Dann ritten sie nach Hlymdalir. Heimir empfing sie wohl. Gunnar trug ihr Anliegen vor. Heimir sagte, sie hätte die Wahl, wen sie nehmen wollte; ihr Saal wäre nahebei; es wäre zu bedenken, daß sie den allein würde haben wollen, der durch das brennende Feuer ritte, das um ihren Saal entzündet wäre.

Sie fanden den Saal und das Feuer und sahen da eine Burg mit goldenem Dache, und es brannte ein Feuer draußen herum. Gunnar ritt den Goti, aber Högni den Hölkvir. Gunnar spornte den Hengst gegen das Feuer, aber er wich zurück. Sigurd sprach: »Weshalb weichst du zurück, Gunnar?« Der antwortete: »Der Hengst will nicht durch dies Feuer springen«, und bat Sigurd, ihm Grani zu leihen. »Das kann geschehen,« erwiderte Sigurd. Gunnar ritt nun abermals gegen das Feuer, aber Grani wollte nicht gehen. Gunnar vermochte es also nicht, dies Feuer zu durchreiten. Sie vertauschten darum die Gestalten, wie Grimhild Sigurd und Gunnar gelehrt hatte. Danach ritt Sigurd, er hatte Grani in der Hand und band goldene Sporen an seine Füße. Grani sprang hinein ins Feuer, als er die Sporen spürte. Da erhob sich ein großes Getöse, das Feuer begann zu rasen, die Erde begann zu erbeben, und die Lohe schlug zum Himmel empor – dies wagte keiner zuvor zu tun, und es war, als ob er im Dunkel ritte. Da legte sich das Feuer; er aber stieg vom Rosse und ging hinein in den Saal. So heißt es im Liede:

22

Das Feuer wogte,
Es wankte der Boden,
Und hohe Lohe
Zum Himmel flammte;
Von des Königs Recken
War keiner so kühn
Durch die Glut zu dringen
Noch drüber zu steigen.

23

Mit dem Schwerte spornte
Sigurd Grani,
Das Feuer erlosch
Vor dem Fürsten;
Vor dem Lobgepriesnen
Die Lohe sich legte.
Es blinkte das Reitzeug,
Das Regin einst hatte.

Als Sigurd über die Lohe hineinkam, fand er dort eine schöne Wohnung, und darin saß Brynhild. Sie fragte, wer der Mann wäre. Aber er nannte sich Gunnar, den Sohn des Gjuki: »auch bist du mir als Frau zugedacht mit dem Jaworte deines Vaters, wofern ich deine Waberlohe durchritte, und auch dem deines Pflegevaters nebst deiner eigenen Zusage.« »Nicht weiß ich genau, wie ich darauf antworten soll,« sagte sie. Sigurd stand aufrecht auf dem Estrich, stützte sich auf den Schwertgriff und sagte zu Brynhild: »Dir werde ich einen großen Brautschatz zahlen in Gold und guten Kleinoden.« Sie antwortete in Kümmernis von ihrem Sitze, wie ein Schwan von der Woge, hatte ein Schwert in der Hand, einen Helm auf dem Haupte und war in einer Brünne: »Gunnar,« sagte sie, »rede nicht solches zu mir, wenn du nicht jedem Manne überlegen bist; du sollst die erschlagen, die um mich geworben, wenn du dir das zutraust; ich war in der Schlacht mit dem Gardakönig, meine Waffen waren gefärbt in Männerblut, und danach verlangt mich noch jetzt.« Er antwortete: »Viele Heldentaten hast du vollbracht, aber erinnere dich jetzt an die Gelübde, daß du, wenn dieses Feuer durchritten wäre, dem Manne folgen würdest, der dies vollbrächte.« Sie fand hier eine richtige Antwort und Merkzeichen für die Wahrheit dieser Rede, stand auf und begrüßte ihn freundlich. Er verweilte dort drei Nächte, und sie teilten ein Lager: er nahm das Schwert Gram und legte es entblößt zwischen sie. Sie fragte, was das zu bedeuten hätte. Er antwortete, »es wäre ihm beschieden, daß er so die Vermählung mit seiner Frau beginge oder den Tod erlitte.« Da nahm er den Ring Andvaranaut von ihr und gab ihr einen andern Ring aus dem Erbe Fafnirs.

Darauf ritt er fort durch dasselbe Feuer zu seinen Gefährten: sie tauschten wiederum die Gestalten, ritten sodann nach Hlymdalir und erzählten, wie es ergangen wäre.
Denselben Tag begab sich Brynhild heim zu ihrem Pflegevater und sagte ihm im Vertrauen, daß zu ihr ein König gekommen wäre, »er ritt durch meine Waberlohe und sagte, er käme, um mich zu heiraten, und nannte sich Gunnar – ich aber sagte, daß dies Sigurd allein vollbringen würde, dem ich Eide schwur auf dem Berge: er ist mein erster Gatte.« Heimir sagte, dabei müsse es sein Bewenden haben. Brynhild sprach: »Meine und Sigurds Tochter Aslaug soll bei dir aufgezogen werden.«
Die Könige kehrten heim, Brynhild aber fuhr zu ihrem Vater. Grimhild empfing sie freundlich und dankte Sigurd für seine Begleitung. Darauf ward das Gastmahl vorbereitet, und eine große Menge Volkes kam dazu: auch König Budli kam mit seiner Tochter, und Atli, sein Sohn. Diese Hochzeit währte viele Tage. Als sie beendigt war, da erst erinnerte sich Sigurd aller Eide, die er Brynhild geschworen hatte, verhielt sich aber ruhig. Brynhild und Gunnar saßen da, vergnügten sich und tranken guten Wein.

30. Zank der Königinnen Brynhild und Gudrun. Brynhilds Aufforderung an Gunnar, Sigurd zu töten

Das war an einem Tage, daß die Königinnen zusammen nach dem Flusse gingen, sich zu baden. Da watete Brynhild weiter hinaus in den Fluß. Gudrun fragte, was das zu bedeuten hätte. Brynhild antwortete: »Weshalb soll ich mich hierin dir gleichstellen, eher als in anderm? Ich dachte, daß mein Vater mächtiger sei als der deine und daß mein Mann viele Heldentaten vollbracht habe und durch brennendes Feuer geritten sei – dein Mann aber war ein Knecht König Hjalpreks.« Gudrun antwortete voll Zorn: »Du wärest weiser, wenn du schwiegest, als wenn du meinen Mann lästertest. Es sagen alle Leute, daß keiner seinesgleichen auf die Welt gekommen sei in jeglicher Hinsicht, dir ziemt es nicht, ihn zu lästern, denn er ist dein erster Gatte: er erschlug Fafnir und ritt durch die Waberlohe, wo du den König Gunnars zu sehen glaubtest; er lag bei dir und nahm dir von der Hand den Ring Andvaranaut – hier kannst du ihn erkennen!« Brynhild sah diesen Ring an und erkannte ihn: da erbleichte sie, als wenn sie tot wäre. Brynhild ging heim und sprach kein Wort den Abend über.

Und als Sigurd zu Bett ging, fragte Gudrun: »Warum ist Brynhild so unfroh?« Sigurd antwortete: »Ich weiß es nicht genau, aber mir ahnt, daß wir es bald etwas genauer erfahren werden.« Gudrun sagte: »Warum ist sie nicht zufrieden mit ihrem Reichtum und Glück und aller Männer Lobe, und damit, daß sie den Mann erhalten hat, den sie wollte?« Sigurd antwortete: »Wo war sie, als sie das sagte, daß sie glaubte den berühmtesten Mann zu besitzen oder den, den sie am liebsten haben wollte?« Gudrun erwiderte: »Ich will morgen danach fragen, wen sie am liebsten haben will.« Sigurd sprach: »Davon rate ich dir ab – du wirst es bereuen, wenn du es tust.«

Am Morgen saßen sie in ihrer Kammer, und Brynhild war schweigsam. Da sprach Gudrun: »Sei vergnügt, Brynhild – betrübt dich unser Gespräch? Oder was steht deiner Freude entgegen?« Brynhild erwiderte: »Eitel Bosheit treibt dich zu dieser Frage, du hast ein grimmes Herz.« »Glaube das nicht,« sagte Gudrun, »sag es lieber.« Brynhild antwortete: »Frage allein nach dem, was besser ist für dich zu wissen; das ziemt edlen Frauen. Gut ist es mit Gutem zufrieden zu sein, damit alles nach Wunsche geht.« Gudrun entgegnete: »Noch ist es zu früh, sich dessen zu rühmen – das hat etwas zu bedeuten, diese deine Prophezeiung. Was wirfst du mir vor?« Brynhild antwortete: »Das sollst du entgelten, daß du Sigurd hast; ich gönne dir nicht, sein zu genießen noch des vielen Goldes.« Gudrun erwiderte: »Ich wußte nichts von eurer Vermählung, mein Vater hätte wohl eine Heirat für mich ausersehen können, ohne daß du dabei gefragt wurdest.« Brynhild entgegnete: »Wir haben keine heimliche Unterredung gehabt, und haben uns doch Eide geschworen. Ihr wußtet, daß ihr mich betroget, und das will ich rächen.« Gudrun antwortete: »Du bist besser vermählt, als du verdienst, dein Übermut wird nicht zur

Ruhe kommen, des werden manche entgelten.« »Zufrieden würde ich sein,« sagte Brynhild, »wenn du nicht einen edleren Mann hättest als ich.« Gudrun antwortete: »Du hast einen so edlen Mann, daß es ungewiß ist, wer der mächtigere König ist, auch hast du genug an Gut und Macht.« Brynhild erwiderte: »Sigurd fällte Fafnir, und das ist mehr wert als das ganze Reich König Gunnars, wie es im Liede heißt:

24

Sigurd fällte Fafnir,
Fortan gedenken
Wird man der Tat,
Solange die Welt steht.
Wahrlich, dein Bruder
Wagte weder
Durch die Glut zu dringen
Noch darüber zu steigen.

Gudrun antwortete: »Grani wollte nicht ins Feuer laufen unter König Gunnar, aber er wagte zu reiten – man darf ihm nicht Mangel an Mut vorwerfen.« Brynhild erwiderte: »Verhehlen wir es uns nicht: ich traue Grimhild nicht recht.« Gudrun antwortete: »Tadle sie nicht, denn sie ist gegen dich wie ihre eigene Tochter.« Brynhild erwiderte: »Sie ist die Urheberin alles Übels, das an uns nagt – sie brachte Sigurd das arglistige Bier, so daß er sich nicht an meinen Namen erinnerte.« Gudrun antwortete: »Manches verkehrte Wort redest du, und solches ist eine große Lüge.« Brynhild erwiderte: »Genießet ihr so Sigurds, wie ihr mich nicht betrogen habt! Euer Beisammensein ist ungehörig. Es ergehe euch so, wie ich denke!« Gudrun antwortete: »Besser werde ich sein genießen, als du wünschen wirst. Keiner kann sagen, daß er sich gut mit mir gestanden hätte, auch nicht ein einziges Mal.« Brynhild entgegnete: »Übel redest du! Was dir entfährt, wird dich gereuen. Wir wollen uns nicht mit Scheltworten befassen.« Gudrun antwortete: »Du schleudertest zuerst gegen mich Worte des Hasses; jetzt stellst du dich so, wie wenn du es wieder gut

machen wolltest – aber Grimm steckt dahinter.« »Lassen wir das unnütze Geschwätz,« sagte Brynhild, »ich schwieg lange von meinem Kummer, der mir in der Brust wohnte: aber ich liebe deinen Bruder allein – beginnen wir ein anderes Gespräch!« Gudrun antwortete: »Im Herzen bist du ganz anders gesonnen.«
Daraus entstand große Verstimmung, daß sie an den Fluß gegangen waren und daß sie den Ring erkannt hatte – davon kam ihr Wortwechsel.

31. Brynhilds Harm nimmt noch zu

Nach diesem Gespräche legte sich Brynhild zu Bett; die Kunde kam vor König Gunnar, daß sie krank wäre. Er ging zu ihr und fragte, was ihr fehlte. Aber sie antwortete nichts und lag, wie wenn sie tot wäre. Und als er ernstlich nachforschte, antwortete sie: »Was machtest du mit dem Ringe, den ich dir schenkte, und den König Budli mir beim letzten Abschied gegeben hatte, als ihr Gjukunge zu ihm kamt und drohtet, zu heeren und zu brennen, wenn ihr mich nicht erhieltet? Darauf führte er mich zu einer Besprechung unter vier Augen und fragte, welchen ich wählte von denen, die gekommen wären. Ich aber erbot mich, das Land zu verteidigen und über ein Drittel des Gefolges Häuptling zu sein; es war zwischen zwei Möglichkeiten zu wählen, daß ich mich dem würde vermählen müssen, den er wollte, oder alles Gutes und seiner Freundschaft bar sein; doch meinte er, seine Freundschaft würde mir mehr frommen als sein Zorn. Da bedachte ich bei mir, ob ich seinem Willen gehorchen oder manchen Mann erschlagen sollte – ich fühlte mich aber unfähig, mit ihm zu streiten. Es kam dahin, daß ich mich dem verhieß, der auf dem Hengste Grani mit Fafnirs Erbe geritten käme, durch meine Waberlohe sprengte und die Männer erschlüge, die ich ihm angeben würde. Nun wagte keiner zu reiten als Sigurd allein; der durchritt das Feuer, denn es mangelte ihm nicht an Mut dazu; er erschlug den Wurm und Regin und fünf Könige, nicht aber du, Gunnar, der du erbleichtest wie eine Leiche – du bist kein König noch Kämpe. Ich aber habe gelobt daheim bei meinem Vater, den allein lieben zu wollen, der als der Herrlichste geboren wäre – das aber ist Sigurd. Nun aber bin ich eidbrüchig dadurch, daß ich ihn nicht habe, und deshalb werde ich deinen Tod bewirken. Auch habe ich Grimhild Übles zu lohnen – keine herzlosere und bösere Frau findet sich als sie.« Gunnar antwortete, so daß es wenige hörten: »Manche Lügenworte hast du gesprochen, du bist ein böses Weib, da du die Frau schmähst, die dich weit überragt – nicht war sie unzufrieden mit ihrem Lose, wie du tust, noch quälte sie tote Männer, noch mordete sie einen, sie lebt mit Lob.« Brynhild antwortete: »Ich habe keine Heimlichkeiten gehabt noch Untaten verübt, anders ist meine Anlage: geneigter wäre ich, dich zu erschlagen.« Darauf wollte König Gunnar sie töten. Högni aber legte sie in Fesseln. Da sprach Gunnar: »Ich will nicht, daß sie in Fesseln liege.« Sie antwortete: »Kümmere dich nicht darum, denn nimmer siehst du mich fortan fröhlich in deiner Halle, weder trinken noch brettspielen, noch verständig reden, nimmer siehst du mich mit Gold gute Gewänder überspinnen, noch dir Rat erteilen.« Sie sagte, das sei ihr größter Harm, daß sie Sigurd nicht habe. Sie richtete sich auf und begann so heftig zu weben, daß das Gewebe zerriß; sie gebot ihre Kammertüren aufzuschließen, damit man ihre Wehklage weite Wege hören möchte. Da hob Brynhild laute Klage an, und man hörte sie durch die ganze Burg.

Gudrun fragte ihre Kammermägde, warum sie so unfroh und betrübt wären, »was fehlt euch denn? Warum gebärdet ihr euch wie unsinnige Menschen? Welches Schreckbild ist euch erschienen?« Da antwortete eine Frau ihres Gefolges, die Svafrlöd hieß: »Das ist ein unseliger Tag, unsere Halle ist voll von Harm.« Da sagte Gudrun zu ihrer Freundin: »Stehe auf! Wir haben lange geschlafen, wecke Brynhild; wir wollen ans Weben gehen und fröhlich sein!« »Das tue ich nicht,« antwortete sie, »daß ich sie wecke oder mit ihr rede; manchen Tag trank sie weder Met noch Wein, sie hat der Götter Zorn empfangen.« Da sprach Gudrun zu Gunnar: »Geh hin zu ihr,« sagte sie, »und sag ihr, daß ich ihren Kummer beklage.« Gunnar antwortete: »Es ist mir verboten, zu ihr zu gehen und ihr Gut zu verteilen.« Dennoch ging er zu ihr und versuchte auf manche Weise, ihr Worte abzugewinnen, konnte aber keine Antwort bekommen. Da ging er fort und suchte Högni auf und bat ihn, zu ihr zu gehen; der sagte aber, daß er keine Lust dazu habe, ging jedoch dennoch hin und erlangte ebenfalls nichts von ihr.

Da ward Sigurd aufgesucht und gebeten, zu ihr zu gehen. Der erwiderte kein Wort, und dabei blieb es an dem Abend. Am andern Tage aber, als er von der Jagd kam, ging er zu Gudrun und sprach: »Das habe ich geahnt, daß ihr zorniges Erbeben etwas Großes zu bedeuten habe – Brynhild wird sterben.« Gudrun antwortete: »Mein Herr, sehr wunderlich geht es mit ihr zu: sie hat nun schon sieben Tage und Nächte geschlafen, so daß keiner wagte, sie zu wecken.« Sigurd antwortete: »Sie schläft nicht – sie beschäftigt sich mit großen Plänen gegen uns.« Da sprach Gudrun unter Tränen: »Das ist ein großer Harm, deinen Tod zu wissen: geh lieber, besuche sie und besänftige so ihren Zorn.«

Sigurd ging hinaus und fand den Saal offen; er dachte, sie schliefe, schlug die Decken von ihr zurück und sprach: »Wach auf, Brynhild, die Sonne scheint über die ganze Burg, genug ist geschlafen – wirf den Harm von dir und nimm Fröhlichkeit an.« Sie sprach: »Wie konntest du so dreist sein, daß du kommst, mich zu besuchen? Keiner war schlimmer gegen mich bei diesem Betruge.« Sigurd antwortete: »Warum redest du nicht mit Männern – was betrübt dich denn?« Brynhild entgegnete: »Dir will ich meinen Zorn sagen.« Sigurd sprach: »Betört bist du, wenn du wähnst, ich wäre dir feindselig gesinnt – der ist dein Mann, den du erkoren.« »Nein,« sagte sie, »nicht Gunnar war es, der durch das Feuer zu mir ritt, nicht er brachte mir als Brautschatz Erschlagene. Ich wunderte mich über den Mann, der in meinen Saal kam, und ich glaubte, deine Augen zu erkennen, doch konnte ich sie nicht genau unterscheiden wegen der Hülle, die auf meinem Schutzgeiste lag.« Sigurd sagte: »Ich bin kein vornehmerer Mann als die Söhne König Gjukis – sie erschlugen den Dänenkönig und einen mächtigen Häuptling, den Bruder König Budlis.« Brynhild antwortete: »Manches Böse haben wir ihnen aufzuzählen, erinnere uns nicht an unsern Harm. Du, Sigurd, erschlugst den Wurm und rittest durch das Feuer um meinetwillen – Gjukis

Söhne waren dort nicht.« Sigurd erwiderte: »Keineswegs ward ich dein Mann noch warst du meine Frau, und ein ruhmreicher König zahlte dir den Brautschatz.« Brynhild antwortete: »Nie sehe ich Gunnar so, daß mein Herz ihm zulacht – grimm bin ich gegen ihn, wenn ich es auch vor andern verhehle.« »Das ist entsetzlich,« sagte Sigurd, »einen solchen König nicht zu lieben. Was grämt dich denn am meisten? Mir scheint, wie wenn seine Liebe dir besser wäre als Gold.« Brynhild antwortete: »Das ist das Schmerzlichste meiner Leiden, daß ich es nicht zuwege bringen kann, daß ein scharfes Schwert in deinem Blute gerötet werde.« Sigurd erwiderte: »Fürchte das nicht – nicht lange wird man zu warten brauchen, bis ein scharfes Schwert in meinem Herzen stehen wird, und du kannst dir nichts Schlimmeres wünschen; denn du wirst mich nicht überleben, und unsere Lebenstage werden von jetzt an hinfort zu zählen sein.« Brynhild antwortete: »Großer Haß gab dir diese Worte ein; aber seitdem ihr mich um alle Wonne betrogen, achte ich das Leben für gar nichts.« Sigurd erwiderte: »Lebe und liebe König Gunnar und mich, und all mein Gut will ich dafür geben, daß du nicht stirbst.« Brynhild antwortete: »Du kennst meinen Sinn nicht recht – du ragst über alle Männer, aber dir ist keine Frau verhaßter geworden als ich.« Sigurd erwiderte: »Anderes ist wahrer: ich liebe dich mehr als mich selbst, obgleich ich dem Betruge unterlag – und das ist nicht mehr zu ändern; denn stets, als ich wieder zur Besinnung gekommen war, härmte es mich, daß du nicht meine Frau warst. Doch suchte ich, soviel ich konnte, den Gedanken von mir fern zu halten, daß ich in der Königshalle war, und freute mich doch, daß wir alle beisammen waren. Es kann auch sein, daß das in Erfüllung gehen muß, was geweissagt ist, - aber davor soll mir nicht bangen.« Brynhild antwortete: »Zu lange hast du gezaudert, mir zu sagen, daß mein Harm dich betrübt, aber nun finden wir dir dafür keine Heilung mehr.« Sigurd erwiderte: »Gerne wollte ich, daß wir beide ein Bett bestiegen, und du meine Frau wärest.« Brynhild antwortete: »Solches soll man nicht reden, ich mag nicht zwei Könige in einer Halle haben; eher will ich mein Leben lassen, als daß ich König Gunnar betrüge« – und sie gedachte daran, wie sie sich auf dem Berge trafen und sich Eide schwuren – »aber jetzt ist das alles gebrochen, ich will nicht länger leben.« »Ich erinnerte mich deines Namens nicht,« sagte Sigurd, »und erkannte dich nicht eher, als bis du vermählt warst – das ist der größte Harm.« Da sprach Brynhild: »Ich schwur den Eid, den Mann zu nehmen, der durch meine Waberlohe ritte, und den Eid wollte ich halten oder sonst sterben.« »Lieber als daß du stirbst, will ich dich nehmen und Gudrun verlassen,« sprach Sigurd; aber so schwollen vor Kummer seine Seiten, daß die Brünnenringe entzweisprangen. »Ich will weder dich,« erwiderte Brynhild, »noch einen andern.«

Sigurd ging hinweg. So heißt es im Sigurdliede:

25

Hinaus ging Sigurd
Voll schwerer Sorgen
Fort vom Gespräch,
Der Freund der Helden,
Daß das stahlgeflochtne
Streithemd dem Fürsten
An beiden Seiten
Zu springen drohte.

Als Sigurd in die Halle trat, fragte Gunnar, ob er wisse, welcher Kummer sie quäle, und ob sie ihre Sprache wieder habe. Sigurd sagte, daß sie sprechen könne.

Nun ging Gunnar abermals, sie aufzusuchen und fragte, worin ihr Kummer bestünde, und ob man ihr mit irgend etwas helfen könne. »Ich will nicht leben,« sagte Brynhild, »denn Sigurd hat mich betrogen und nicht minder dich, da du ihn in mein Bett in einer Halle steigen ließest. Als Weib zweier Männer will ich nicht weiterleben, eines von uns dreien muß sterben, Sigurd oder du oder ich – denn er hat das alles Gudrun erzählt, aber sie wirft es mir vor.«

32. Sigurd wird verraten

Darauf ging Brynhild hinaus, setzte sich an die Wand ihrer Kammer und hielt viele Harmreden; sie klagte, daß ihr alles verleidet wäre, beides, Land und Macht, da sie Sigurd nicht hätte. Abermals kam Gunnar zu ihr. Brynhild sagte: »Du sollst Macht und Hort verlieren, dein Leben und mich, und ich will zurückkehren zu meinen Verwandten und betrübt dort sitzen, wenn du Sigurd nicht erschlägst und seinen Sohn – zieh nicht den jungen Wolf auf!« Da ward Gunnar bekümmert in seinem Gemüte und wähnte nicht zu wissen, was ihm obläge, da er durch Eide mit Sigurd verbunden war; bald dies, bald das kam ihm in den Sinn – jedoch das erschien ihm als die größte Schmach, wenn seine Frau von ihm ginge. Gunnar sprach: »Brynhild ist mir lieber als alles, aller Frauen hehrste ist sie, und eher will ich das Leben lassen als ihre Liebe verlieren.« Er rief seinen Bruder Högni zu sich und sprach: »Ich bin in große Bedrängnis geraten;« er sagte ihm, daß er Sigurd töten wollte, und erklärte, daß er ihn, der ihm traute, betrogen hätte: »so gebieten wir über das Gold und alle Macht.« Högni erwiderte: »Es ziemt uns nicht, den Schwur zu brechen durch Unfrieden; auch haben wir eine große Stütze an ihm – keine Könige sind uns gleich, wenn dieser hunische Herrscher lebt, und einen solchen Schwager bekommen wir niemals wieder; erwäge auch, wie gut es für uns wäre, einen solchen Schwager und solche Schwestersöhne zu haben. Auch sehe ich wohl, wie es sich damit verhält: Brynhild hat es angestiftet, ihr Rat bringt uns in schwere Schande und Schaden.« Gunnar antwortete: »Dies soll geschehen, ich sehe, was zu tun ist: wir wollen unsern Bruder Gutthorm aufreizen, er ist jung und unerfahren und steht außerhalb aller Eide.« Högni sprach: »Der Rat scheint mir übel angebracht, und wenn er in die Tat umgesetzt wird, so werden wir dafür Bestrafung empfangen, daß wir einen solchen Mann verraten haben.« Gunnar antwortete: Sigurd solle sterben, »oder aber ich will sterben«. Er hieß dann Brynhild aufstehen und fröhlich sein. Sie stand auf, sage jedoch, daß Gunnar nicht eher mit ihr in dasselbe Bett kommen sollte, als bis diese Tat ausgeführt wäre.

Wieder besprachen sich die Brüder miteinander. Gunnar sagte, das wäre ein gültiger Grund, ihn zu erschlagen, weil er Brynhild das Magdtum genommen habe: »wir wollen Gutthorm aufreizen, diese Tat zu vollbringen.« Sie boten ihm Gold und große Macht, dies auszuführen. Sie nahmen eine Schlange und Wolfsfleisch, ließen es sieden und gaben es ihm zu essen, wie der Skalde sagt:

26

Einen Waldfisch nahmen einige,
Das Wolffleisch schnitten andere,
Andere Gutthorm
Vom Wolf zu essen gaben.
Ins Gebräu sie mischten
Auch mancherlei andres
In Zaubertränken.

Und durch diese Speise und durch alles zusammen und durch Grimhilds Vorstellungen ward er so wild und kampfwütig, daß er versprach, diese Tat zu vollbringen. Sie verhießen ihm große Ehre zum Lohne dafür.

Sigurd hatte keine Ahnung von diesem Verrat; auch konnte er sich nicht seinem Geschick entziehen noch seinem Lebensziele; er war sich auch nicht bewußt, Arglist von ihnen verdient zu haben.

Gutthorm ging am nächsten Morgen hinein zu Sigurd, als er noch in seinem Bett ruhte. Aber als Sigurd ihn anblickte, wagte Gutthorm nicht, ihn anzugreifen und ging wieder hinaus. Ebenso erging es zum andernmal. Sigurds Augen waren nämlich so scharf, daß keiner wagte hineinzuschauen. Und zum dritten Male ging er hinein, da war Sigurd eingeschlafen. Gutthorm zückte das Schwert und stieß es in Sigurd, so daß die Schwertspitze im Polster unter ihm stecken blieb. Sigurd erwachte von der Wunde, Gutthorm aber ging hinaus zur Tür: da nahm Sigurd das Schwert und warf es nach ihm; es traf ihn im Rücken und schnitt ihn mitten durch – nach der einen Seite fiel das Fußstück, nach der andern aber fielen das Haupt und die Hände zurück in die Kammer.

Gudrun war in Sigurds Armen eingeschlafen, aber sie erwachte mit unsagbarem Harme, da sie in seinem Blute schwamm; so sehr jammerte sie mit Weinen und Wehklagen, daß Sigurd sich von seinem Kopfkissen aufrichtete und sprach: »Weine nicht,« sagte er, »deine Brüder leben dir zur Freude. Aber einen allzu jungen Sohn habe ich, als daß er sich vor seinen Feinden hüten könnte. Schlimm aber haben sie für ihre Sache gesorgt – niemals erhalten sie einen solchen Schwager noch Schwestersohn, der auch mit ihnen in den Kampf ritte, wenn er es erreichen würde, aufzuwachsen. Jetzt ist das in Erfüllung gegangen, was vor langem geweissagt worden war, und wir haben nicht daran glauben wollen – aber keiner kann sich dem Geschick entziehen. Das hat Brynhild geraten, die mich mehr liebte als jeden andern Mann. Das kann ich beschwören, daß ich an Gunnar niemals Verrat begangen habe: ich hielt unsere Eide und war kein allzu naher Freund seiner Frau. Wenn ich das vorher gewußt hätte und mich mit meinen Waffen auf meine Füße stellen könnte, dann sollten viele ihr Leben verlieren, ehe ich fiele, und all die Brüder erschlagen werden; noch schwieriger sollte es ihnen werden mich zu erschlagen als den größten Wisent oder Wildeber.« Da ließ der König sein Leben.
Gudrun aber holte mühsam Atem. Das hörte Brynhild und lachte laut, als sie ihr Seufzen vernahm. Da sprach Gunnar: »Nicht lachst du deshalb, weil du im innersten Herzen froh wärest – warum verlierst du deine Farbe? Ein großes Ungeheuer bist du, es ist wohl zu erwarten, daß du todgeweiht bist. Keiner hätte es mehr verdient als du, den König Atli vor sich erschlagen zu sehen, du müßtest eigentlich dabeistehen – nun müssen wir beschäftigt sein um unsern Schwager und Brudermörder.« Sie antwortete: »Keiner erhebt den Vorwurf, daß nicht genug getötet sei. König Atli kümmert sich nicht um eure Drohungen und Zornesausbrüche, er wird länger leben als ihr und größere Macht haben.« Högni sprach: »Nun ist das in Erfüllung gegangen, was Brynhild weissagte – diese böse Tat können wir nie wieder gut machen.« Gudrun sprach: »Meine Gesippen haben meinen Mann erschlagen: jetzt werdet ihr an der Spitze der Schar in den Krieg reiten, und wenn ihr zum Kampfe kommt, da werdet ihr merken, daß Sigurd euch nicht mehr zur einen Hand ist, und dann

werdet ihr sehen, daß Sigurd euer Heil und eure Stärke war; wenn er ihm gleiche Söhne hätte, so könntet ihr unterstützt werden durch seine Nachkommen und seine Verwandten.«

Niemand wußte es sich zu erklären, daß Brynhild das lachenden Mundes erbeten hatte, was sie jetzt weinend beklagte. Da sprach sie: »Das träumte mir, Gunnar, ich hätte ein kaltes Bett, und du rittest in die Gewalt deiner Feinde – euerm ganzen Geschlechte wird es übel ergehen, denn ihr seid eidbrüchig. Eurer Blut habt ihr zusammengemischt, Sigurd und du – aber dessen gedachtest du nimmer, da du ihn verrietest. Übel hast du ihm gelohnt, was er dir Gutes erwies, und daß er dir stets den Vorrang ließ. Damals als er zu mir kam, da zeigte es sich, wie treulich er seine Eide hielt, denn zwischen sich und mich legte er das scharfschneidige Schwert, das in Gift gehärtet war. Aber gar schnell ludet ihr Schuld auf euch ihm gegenüber und mir, als ich daheim bei meinem Vater war und alles hatte, was ich wünschte. Ich dachte nicht, daß einer von euch mein werden sollte, als ihr drei Könige dorthin auf seinen Hof geritten kamt. Atli aber nahm mich zu einer Besprechung bei Seite und fragte, ob ich den haben wollte, der Grani ritte – der aber war dir nicht gleich. König Sigmunds Sohn verhieß ich mich da und keinem andern. Euch aber wird es nicht wohl ergehen auf euerm Wege – wenn ich auch sterbe.«

Da sprang Gunnar auf, schlang die Arme um ihren Hals und bat, sie möchte leben bleiben und Gut zur Buße annehmen. Auch alle andern suchten ihr ihren Entschluß auszureden, sterben zu wollen. Sie aber stieß jeden von sich, der ihr nahte, und sagte, es nütze nichts, sie von dem zurückhalten zu wollen, was sie vorhätte.

Da rief Gunnar Högni herbei und fragte ihn um Rat; er bat ihn, hinzugehen und zu versuchen, ob er ihren Sinn besänftigen könne; er sagte, es wäre ein großes Bedürfnis vorhanden, sie zu beschwichtigen, bis einige Zeit verginge. Högni antwortete: »Niemand halte sie vom Sterben zurück, denn sie ist uns nicht zum Heile und keinem andern, seitdem sie hierher kam.«

Nun gebot sie, viel Gold herbeizubringen und hieß alle herzukommen, die Gut empfangen wollten. Dann ergriff sie ihr Schwert, stieß es sich unter den Arm in die Brust, lehnte sich zurück gegen die Kissen und sprach: »Es nehme hier nun Gold, wer es nur haben will.« Alle schwiegen. Brynhild sprach: »Empfangt das Gold und genießet seiner wohl!« Weiter sagte Brynhild zu Gunnar: »Jetzt will ich dir kurz sagen, wie es später kommen wird: bald werdet ihr euch mit Gudrun versöhnen unter Beihilfe Grimhilds der Zauberkundigen. Eine Tochter Gudruns und Sigurds wird Svanhild heißen, die als die schönste aller Frauen wird geboren werden. Dann wird Gudrun gegen ihren Willen an Atli gegeben werden. Du aber wirst Oddrun zur Frau haben wollen, doch Atli wird es verbieten: da werdet ihr heimlich zusammenkommen, und sie wird dich lieben. Atli wird dich verraten und in den Schlangenzwinger setzen. Darauf wird Atli selbst mit seinen Söhnen erschlagen werden – Gudrun wird sie töten. Dann werden mächtige Wogen Gudrun nach Jonakrs Burg tragen, da wird sie treffliche Söhne gebären. Svanhild wird aus dem Lande gesendet und König Jörmunrek vermählt werden – aber Bikkis treuloser Rat wird sie verderben: damit ist euer ganzes Geschlecht dahin, und Gudruns Harm ist um so größer.

33. Brynhilds Bitte

Nun bitt' ich dich, Gunnar, um die letzte Bitte: laß einen großen Scheiterhaufen schichten auf ebenem Felde uns allen, mir und Sigurd und denen, die mit ihm erschlagen wurden; laß ein Zelt darüber spannen mit Männerblut gerötet. Laß mir zur einen Seite Sigurd verbrennen, den hunischen König, ihm zur andern Seite aber meine Mannen, zwei zu Häupten und zwei zu Füßen, und zwei Habichte – so ist alles nach Gebühr verteilt. Laß dann wieder zwischen uns ein bloßes Schwert liegen, wie damals, als wir ein Bett bestiegen und Ehegatten genannt wurden. Nicht fällt ihm dann das Tor auf die Fersen, wenn ich ihm folge. Auch ist unser Leichenbegängnis nicht armselig, wenn ihm fünf Mägde und acht Diener folgen, die mein Vater mir gab, und wenn auch die mit verbrennen, die mit Sigurd erschlagen wurden. Noch mehr würde ich melden, wäre ich nicht wund zum Tode – aus der Wunde strömt das Blut, und die Wunde öffnet sich. Doch wahr ist, was ich geredet.«

Nun ward Sigurds Leiche nach altem heidnischen Brauche bestattet und ein großer Scheiterhaufen errichtet; als er recht in Brand geraten war, ward oben herauf die Leiche Sigurds gelegt, des Fafnirtöters, die seines drei Winter alten Sohnes, den Brynhild hatte erschlagen lassen, und die Gutthorms. Und als der Scheiterhaufen hell in Flammen stand, da bestieg ihn Brynhild und sagte zu ihren Kammermädchen, sie sollten das Gold nehmen, das sie ihnen geben wollte. Hierauf starb Brynhild und verbrannte mit Sigurd – also endete beider Leben.

34. Gudrun geht von dannen

Jeder, der diese Kunde vernimmt, sagt, daß ein Mann, wie Sigurd war in aller Hinsicht, nicht mehr auf der Welt ist, noch je geboren werden wird: sein Name wird nimmer vergessen werden in deutscher Sprache, noch in den Nordlanden, so lange die Welt steht.

Es wird erzählt, daß Gudrun eines Tages sprach, als sie in ihrer Kammer saß: »Besser war unser Leben, als ich Sigurd noch hatte. Denn so übertraf er alle Männer wie Gold das Eisen, oder wie der Lauch alles Gras überragt, oder der Hirsch andere Tiere – bis meine Brüder mir einen solchen Mann mißgönnten, der edler war als alle. Sie konnte nicht ruhig schlafen, bis sie ihn erschlugen. Laut schnob Grani, als er seinen Herrn verwundet sah. Da redete ich mit ihm wie mit einem Menschen, er aber senkte das Haupt zur Erde – er wußte, daß Sigurd gefallen war.«

Darnach entwich Gudrun in den Wald; überall hörte sie um sich Wolfsgeheul, und zu sterben erschien ihr erwünscht. Gudrun wanderte, bis sie zur Halle König Halfs kam; sie weilte bei Thora, Hakons Tochter, in Dänemark sieben Halbjahre und wurde dort freundlich aufgenommen. Die stellte ihr einen Webstuhl auf, half ihr beim Einschlag des Gewebes und wirkte daran viele Heldentaten, schöne Kampfspiele, wie sie damals üblich waren, Schwert, Panzer und alles, worin sich ein König kleidet, ferner auch König Sigmunds Schiffe, wie sie vom Lande abstießen; weiter wirkten sie, wie sich Signar und

Sigeir schlugen südlich auf Fühnen. Damit ergötzten sie sich, und Gudrun tröstete sich ein wenig über ihr Leid.
Grimhild vernahm, was aus Gudrun geworden war. Sie berief ihre Söhne zu einer Unterredung und fragte sie, wie sie Gudrun für Mann und Sohn Buße leisten wollten: das wäre ihre Schuldigkeit. Gunnar sprach und zeigte sich bereit, ihr Gold zu geben und so ihren Harm zu büßen.
Da schickten sie nach ihren Freunden und rüsteten ihre Rosse, Helme und Schilde, Schwerter und Brünnen und allerlei Heergeräte. So ward ihre Reise aufs feinste ausgerüstet, und kein Held, der bedeutend war, blieb daheim. Ihre Rosse waren geharnischt, und jeder Ritter hatte einen vergoldeten oder spiegelblanken Helm. Auch Grimhild machte sich mit ihnen auf den Weg, denn sie meinte, ihr Vorhaben würde dann erst Erfolg haben, wenn sie nicht daheim bliebe. Sie hatten im ganzen fünfhundert Mann, auch vornehme Männer hatten sie mit sich: Valdemar von Dänemark war mit ihnen und Eymod und Jarisleif.
Sie gingen hinein in die Halle König Halfs: da waren Langobarden, Franken und Sachsen; sie schritten einher in voller Rüstung und hatten rote Pelzmäntel übergeworfen, wie es im Liede heißt:

27
Kurz war der Harnisch,
Der Helm gegossen,
An der Seite das Schwert hing
den Schwarzgelockten.

Sie wollten ihrer Schwester gute Gaben darbringen und redeten freundlich mit ihr – sie aber traute ihrer keinem. Darauf gab ihnen Grimhild einen schädlichen Trank; sie mußten ihn annehmen und dachten seitdem an keinen Streit mehr. Dieser Trank war gemischt mit kräftiger Erde, eiskaltem Meereswasser und Eberblut: in das Horn waren allerlei Runenstäbe geritzt und mit Blut gerötet, wie es hier heißt:

28
Im Innern des Horns
Waren allerlei Runen
Geritzt und gerötet,
Raten konnt' ich sie nicht;
Ein langer Heidwurm,
Vom Lande Haddings
Ungeschnittne Ähren,
Das Innere der Tiere.

29
Viel Böses war
Dem Biere beigemischt:
Allerlei Kräuter,
Der Küche Asche,
Verbrannte Eckern,
Opfer-Gedärme,
Schweinsleber gesotten,
Die den Hader beschwichtigt

Darauf, als sie sich versöhnt hatten, herrschte große Freude. Da sprach Grimhild, als sie Gudrun traf: »Wohl ergeh es dir, Tochter! Ich schenke dir Gold und allerlei Kleinode, daß du sie empfängst als dein Vatererbe, köstliche Ringe und Teppiche von hunischen Mädchen gewebt, die die feinsten sind. Damit ist dir dein Mann gebüßt. Sodann sollst du dich mit König Atli vermählen, dem mächtigen, so wirst du auch seiner Schätze schalten. Laß nicht von deinen Verwandten um des einen Mannes willen, sondern tu vielmehr, wie wir bitten.« Gudrun antwortete: »Nimmer will ich König Atli zum Gatten haben; uns beiden ziemt es nicht, das Geschlecht zu mehren.« Grimhild erwiderte: »Erinnere dich nicht mehr des alten Haders, sondern gehab dich so, als ob Sigurd und Sigmund noch lebten, wenn du mit Atli Söhne hast.« Gudrun sprach: »Ich kann die Gedanken von ihm nicht abwenden, denn er war trefflicher als alle.« Grimhild sprach: »Diesen

König Atli zu haben ist dir bestimmt, andernfalls sollst du keinen andern Gatten bekommen.« Gudrun antwortete: »Bietet mir nicht diesen König als Mann an, von dem nur Böses diesem Geschlecht entsteht, er wird deinen Söhnen Übles zufügen, und grausam wird es dann an ihm gerächt werden.« Grimhild wurde über ihre Vorstellungen wegen ihrer Söhne traurig und sprach: »Tu, was wir bitten; große Ehre und unsere Freundschaft sollst du dafür haben, sowie die Orte, die Vinbjörg und Valbjörg heißen.« Ihre Worte waren von so großem Gewicht, daß dies geschehen mußte. Gudrun sprach: »So muß es denn vor sich gehen, wenn auch wider meinen Willen: es wird wenig zur Freude, eher zum Leide gereichen.«
Dann bestiegen sie ihre Rosse, und ihre Frauen wurden auf Wagen gesetzt, und so reisten sie sieben Tage zu Pferde, dann sieben Tage zu Schiffe, und wieder sieben Tage zu Lande, bis daß sie zu einer hohen Halle kamen. Viel Volks ging Gudrun entgegen. Da war ein herrliches Mahl gerüstet, wie schon vorher von ihnen verabredet war: es verlief glänzend und sehr prächtig. Bei diesem Gastmahle trank Atli Brautlauf mit Gudrun. Aber niemals wollte ihr Herz ihm zulachen, und wenig liebevoll war ihr Beisammensein.

35. Gudrun ritzt Runen

Nun wird erzählt: in einer Nacht, da Atli aus dem Schlafe erwachte, sprach er zu Gudrun: »Mir träumte,« sprach er, »daß du mich mit einem Schwerte durchbohrtest.« Gudrun deutete den Traum dahin, es bedeute Feuer, wenn man von Eisen träume, »und den Wahn, daß du dich trefflicher dünkst als alle.« Atli sprach: »Ferner träumte mir: zwei Rohrstengel, die hier gewachsen waren, und die ich nie verletzten wollte, wurden mit den Wurzeln ausgerissen und in Blut gerötet, zu den Bänken der Speisenden gebracht und mir zu essen geboten. Und ferner träumte mir: zwei Habichte flögen mir von der Hand, die blieben ohne Fraß und fuhren zur Hel; mir war es, als wären ihre Herzen mit Honig gemischt, und als äße ich sie. Dann wieder träumte mir: zwei schöne junge Hunde, die mir zu

Füßen lagen, heulten laut auf, und ich aß ihr Fleisch wider Willen.« Gudrun sprach: »Deine Träume sind nicht gut, aber sie werden in Erfüllung gehen. Deine Söhne werden todgeweiht sein, und mancherlei Schweres wird uns zustoßen.« »Das träumte ich mir noch,« sagte Atli, »ich läge im Bett, und mein Tod wäre beschlossen.« Damit war dies abgetan, und sie lebten weiter lieblos beieinander.

Nun überlegte Atli bei sich, was aus dem vielen Golde geworden sei, das Sigurd besessen hatte; das aber wußten König Gunnar und sein Bruder. Atli war ein gewaltiger König, mächtig und klug, und hatte viel Volks; er hielt Rat mit seinen Mannen, wie man dabei verfahren solle. Er wußte, daß Gunnar und Högni viel mehr Reichtum hätten, als daß sich einer mit ihnen messen könnte. Er beschloß, einige seiner Mannen zu den Brüdern zu schicken, sie zu einem Gastmahle zu laden und sie auf manche Weise zu ehren – ihr Führer war der Mann, der Vingi genannt wird.

Die Königin erfuhr von ihrem heimlichen Gespräche und argwöhnte, daß Verrat gegen ihre Brüder geschmiedet würde. Da ritzte Gudrun Runen, nahm einen Goldring, knüpfte Wolfshaar darein und gab das so den Sendboten des Königs in die Hände.

Darauf machten sie sich auf den Weg nach des Königs Gebote. Ehe sie aber ans Land stiegen, besah Vingi die Runen und änderte sie so, daß Gudrun in den Runen zuredete, sie möchten zu Atli kommen. Als sie zur Halle König Gunnars gekommen waren, wurden sie freundlich aufgenommen und große Feuer vor ihnen angezündet; dann tranken sie froh den besten Trank. Da sprach Vingi: »König Atli hat mich hierher gesandt, er wünscht, daß ihr ihn daheim besucht mit großen Ehren und große Ehren von ihm empfangt, Helme und Schilde, Schwerter und Brünnen, Gold und gute Kleider, Heervolk und Rosse und großes Lehen; er sagte, daß er euch am liebsten sein Reich gönne.« Da schüttelte Gunnar das Haupt und sagte zu Högni: »Was sollen wir von diesem Anerbieten annehmen? Er bietet uns große Herrschaft an, aber keine Könige kenne ich gleich reich an Gold wie uns, denn wir haben den ganzen Hort, der auf der Gnitaheide lag; auch haben wir große Kammern voll von Gold, und von den besten Hiebwaffen und allerlei Kriegsrüstung. Meinen Hengst weiß ich den besten, mein Schwert das schärfste, mein Gold das edelste.«

Högni antwortete: »Ich wundere mich über seine Einladung, denn das hat er noch nie getan – unrätlich dünkt es mich, zu ihm zu reisen. Auch darüber habe ich mich gewundert, daß ich, als ich die Kleinode besah, die König Atli uns geschickt hat, ein Wolfshaar in einen Goldring geknüpft fand; vielleicht dünkt Gudrun, er sei wölfisch gegen uns gesinnt, und sie will nicht, daß wir hinreisen.«

Vingi zeigte ihnen nun die Runen, die, wie er sagte, Gudrun gesandt habe. Darauf ging das gemeine Volk schlafen, sie aber tranken noch mit einigen Mann. Da trat Högnis Frau hinzu, die Kostbera hieß, die reizendste der Frauen, und betrachtete die Runen; Gunnars Gattin hieß Glaumvör, sie war eine stattliche Frau – beide schenkten ein. Die Könige wurden sehr trunken. Das bemerkte Vingi und sprach: »Es ist nicht zu leugnen, daß König Atli sehr schwerfällig ist und zu sehr gealtert, sein Reich zu verteidigen; seine Söhne aber sind noch zu jung und zu nichts geschickt. Nun will er euch Gewalt über sein Reich geben, so lange sie noch so jung sind, und er gönnt es euch am liebsten, dessen zu genießen.« Nun war beides der Fall: Gunnar war sehr trunken, andrerseits wurde ihm eine große Herrschaft geboten – auch konnte er sich nicht dem Schicksal entziehen: darum verhieß er die Fahrt und sagte es seinem Bruder Högni. Der antwortete: »Eure Entscheidung wird bestehen müssen, und folgen werde ich dir – aber wenig Lust habe ich zu dieser Fahrt.«

Als die Männer nach Herzenslust getrunken hatten, gingen sie schlafen. Kostbera begann die Runen zu untersuchen, sagte sie vor sich her und sah, daß anderes darauf geritzt war, als dahinter steckte – doch gelang es ihr bei ihrer Klugheit, sie zu verstehen. Darauf ging auch sie zu Bett bei ihrem Gatten.

Als sie erwachten, sprach sie zu ihrem Gatten: »Von Hause willst du fort, aber es ist unrätlich – reise lieber ein andermal. Du verstehst die Runen nicht recht, wenn du wähnst, sie, deine Schwester, habe dich diesmal eingeladen. Ich riet die Runen – es sollte mich wundern, wenn eine so kluge Frau sie so verworren geritzt haben sollte: es stand zuerst so da, daß euer Leben gefährdet wäre. Da sind nur zwei Möglichkeiten: entweder fehlte ihr ein Runenzeichen, oder aber andre haben die Runen gefälscht. Und nun sollst du meinen Traum hören.«

36. Högni deutet die Träume seiner Frau

Mich dünkte im Traume, ein sehr reißender Strom bräche hier herein und risse alle Dielen in der Halle auf.« Er antwortete: »Ihr Frauen seid oft mißtrauisch. Ich aber habe nicht die Sinnesart danach, einem Manne mit Arg zu begegnen, es sei denn, daß er es verdient habe – er wird uns freundlich empfangen.« Sie antwortete: »Ihr werdet es ja erfahren; aber Freundschaft wird bei dieser Einladung nicht sein. Mir träumte weiter, ein anderer Strom bräche hier herein, toste furchtbar, bräche alle Bänke in der Halle auf und bräche euch beiden Brüdern die Beine: das wird etwas zu bedeuten haben.« Er entgegnete: »Da werden die Äcker wogen, wo du einen Strom zu sehen glaubtest: wenn wir über den Acker gehen, stechen oft große Ährenstacheln uns in die Füße.« »Nochmals träumte mir,« sagte sie, »daß deine Bettdecke in Brand geriete, und daß das Feuer empor loderte aus der Halle.« Er antwortete: »Das weiß ich genau, was das zu bedeuten hat: unsere Kleider liegen hier, etwas vernachlässigt – die wird man da verbrennen, wo du die Bettdecke sahst.« »Ein Bär schien mir hereinzukommen,« fuhr sie fort, »der riß den Königs-Hochsitz nieder und schüttelte die Pranken, so daß wir alle in Furcht gerieten; er hatte uns alle auf einmal in seinem Rachen, so daß wir nichts vermochten – darob entstand großer Schrecken.« Er antwortete: »Da wird ein großes Unwetter kommen, das dir im Traume als ein Eisbär erschien.« »Ein Aar, so dünkte mich,« sagte sie, »flog herein und die Halle entlang und bespritze mich und uns alle mit Blut – das wird Schlimmes bedeuten, denn mich dünkte, als ob das König Atlis äußere Gestalt wäre.« Er entgegnete: »Oft schlachten wir reichlich und erschlagen mächtige Rinder uns zur Freude: es bedeutet Ochsen, wenn man von Adlern träumt – Atlis Gesinnung wird wohlwollend gegen uns sein.« Damit brachen sie das Gespräch ab.

37. Der Auszug der Brüder

Jetzt ist von Gunnar zu erzählen, daß es da ebenso ging, als sie erwachten: Glaumvör, Gunnars Gattin, sagte ihm ihre vielen Träume, die ihr auf Verrat zu deuten schienen – aber Gunnar deutete sie alle im entgegengesetzten Sinne. »Dies war einer von ihnen,« sagte sie, »daß mich dünkte, ein blutiges Schwert würde herein in die Halle getragen, du wurdest von dem Schwerte durchbohrt, und Wölfe heulten an beiden Enden des Schwertes.« Der König antwortete: »Kleine Hunde werden uns beißen wollen, oft bedeuten Waffen mit Blut gefärbt Hundegekläff.« Sie sprach: »Ferner schienen mir hier Frauen hereinzukommen, die waren trübselig und wollten dich zu ihrem Manne erkiesen – das werden deine Schutzgöttinnen gewesen sein.« Er erwiderte: »Schwierig ist diese Deutung, man kann seinem Schicksal nicht entgehen; es ist nicht unwahrscheinlich, daß ich nicht lange mehr leben werde.«

Am Morgen sprangen sie auf und wollten reisen, aber die andern rieten ihnen ab. Da sprach Gunnar zu dem Manne, der Fjörnir hieß: »Steh auf und gib uns zu trinken aus großen Kannen guten Wein, denn vielleicht ist dies unser letztes Gelage: jetzt wird der alte Wolf das Gold in Besitz nehmen, wenn wir sterben, und der Bär wird gleichfalls nicht ermangeln, mit seinen Kampfzähnen zu beißen.«

Das Volk geleitete sie hinaus mit Weinen. Högnis jüngster Sohn sprach: »Fahrt wohl und habt viel Glück!« Dann blieb der größere Teil ihres Gefolges zurück. Solar und Snävar, Högnis Söhne, waren mit auf der Fahrt und ein großer Kämpe, der Orkning hieß, er war ein Bruder Kostberas. Der Rest des Volkes folgte ihnen zu den Schiffen, und alle redeten von der Fahrt ab – aber das nützte nichts. Da sprach Glaumvör: »Vingi,« sagte sie, »es ist zu fürchten, daß großes Unheil aus deinem Kommen entstehen wird, und daß große Dinge auf dieser Fahrt geschehen werden.« Er antwortete: »Das schwöre ich, daß ich nicht lüge: mich empfange ein hoher Galgen und alle Unholde, wenn ich irgend ein Wort lüge,« und er nahm den Mund recht voll mit solchen Verwünschungen. Da sprach Bera: »Fahrt wohl und mit

gutem Glück!« Högni rief zurück: »Seid fröhlich, wie es uns auch ergeht!« Damit schieden sie, wie es das Schicksal bestimmt hatte.
Sie ruderten gewaltig und mit so großer Kraft, daß beinahe der halbe Kiel unten vom Schiffe los ging; sie warfen sich in die Ruder weit ausholend mit solcher Wucht, daß die Handgriffe der Ruder und die Ruderpflöcke zerbrachen. Und als sie ans Land kamen, befestigten sie ihr Schiff nicht. Dann ritten sie auf ihren stattlichen Rossen eine lange Zeit durch dunkeln Wald.
Da erblickten sie die Königsburg; aus ihr erscholl großes Getöse und Waffenlärm, und sie sahen da eine Menge Männer, die sich rüsteten – alle Burgtore waren voll von Männern.
Sie ritten nach der Burg, aber sie war verschlossen, Högni erbrach das Tor, und so ritten sie in die Burg. Da sprach Vingi: »Das hättest du besser unterlassen – wartet jetzt hier, bis ich euch einen Galgen suche. Freundlich lud ich euch ein herzukommen, aber Falsch stak dahinter – jetzt braucht ihr nicht lange mehr zu warten, bis ihr werdet aufgehängt werden.« Högni erwiderte: »Dir geben wir nicht nach, und selten, denke ich, wichen wir zurück, wo Männer kämpfen sollten. Dir aber nützt es nichts, uns zu schrecken, und übel soll es dir bekommen!« Da stießen sie ihn nieder und warfen ihn mit Streitäxten zu Tode.

38. Der Kampf in der Burg

Als sie nach der Königshalle geritten kamen, ordnete König Atli sein Kriegsvolk zum Kampfe, und so stellten sich die Schlachtreihen auf, daß ein eingehegter Platz zwischen sie zu liegen kam. »Seid uns willkommen!« rief Atli ihnen zu, »gebt mir das viele Gold, das uns zukommt, den Hort, den Sigurd besaß, und der nun Gudrun gehört.« Gunnar antwortete: »Nimmermehr erhältst du den Hort – tapfere Männer werden hier zuvor mit dir zusammentreffen, ehe wir das Leben lassen, wenn ihr uns Kampf bietet. Vielleicht hast du für Adler und Wolf großartig und höchst freigebig dieses Mahl gerüstet.« »Lange schon hatte ich es in meinem Sinne,« sprach Atli,

»euch ans Leben zu gehen, um über das Gold zu schalten und euch so das Neidingswerk zu vergelten, daß ihr euern besten Verwandten verraten habt – ihn will ich rächen.« Högni erwiderte: »Wenig hat es euch geholfen, daß ihr schon lange über diesem Rate gebrütet habt, denn ihr seid noch zu nichts gerüstet.«

Da kam es zu hartem Kampfe, und zuerst zum Kampfe mit Geschossen. Diese Kunde drang zu Gudrun. Als sie es hörte, geriet sie außer sich und warf den Mantel von sich. Darauf ging sie hinaus, begrüßte die Angekommenen, küßte ihre Brüder und bezeigte ihnen Liebe – dies war ihre letzte Begrüßung. Dann sprach sie: »Ich glaubte dem vorgebeugt zu haben, daß ihr kämet – aber niemand vermag dem Geschick zu widerstehen.« Sie fuhr fort: »Kann es noch etwas nützen, Sühne zu versuchen?« Das aber verneinten alle entschieden. Nun sah sie, wie übel ihren Brüdern mitgespielt wurde, faßte einen schnellen Entschluß, kleidete sich in eine Brünne, nahm ein Schwert und half ihren Brüdern im Kampfe; so mutig drang sie vorwärts, wie wenn sie der stärkste Mann wäre – alle sagten übereinstimmend, daß kaum einer sich hätte tapferer verteidigen können als sie. Da hub ein großes Männermorden an, aber das Vordringen der Brüder trug doch den Sieg davon. Der Kampf dauerte lange, bis über Mittag hinaus. Gunnar und Högni stürmten durch König Atlis Schlachtreihen, und es wird erzählt, daß das ganze Feld überströmt wurde von Blut. Högnis Söhne drangen tapfer vor. Da rief Atli: »Wir hatten ein großes und stattliches Heer und gewaltige Helden – aber jetzt sind viele von uns gefallen, und Übles haben wir euch zu vergelten: neunzehn meiner Kämpen habt ihr erschlagen, elf nur sind noch übrig.«

Da ward ein Stillstand im Kampfe. König Atli sprach: »Wir waren vier Brüder – jetzt bin ich allein noch übrig. Mächtige Schwägerschaft gewann ich und erhoffte mir Vorteil davon; eine Frau hatte ich, schön und klug, hochherzig und heldenmütig – aber ihre Klugheit kam mir nicht zugute, denn selten sind wir einig gewesen. Nun habt ihr mir viele meiner Sippen erschlagen, dazu mich um Land und Gut betrogen und meine Schwester verraten – das härmt mich am meisten.« Högni erwiderte: »Wie kannst du das erwähnen? Ihr brachet zuerst den Frieden: du nahmst meine Verwandte, hungertest sie zu Tode, mordetest sie und raubtest ihr das Gut – das war nicht königlich gehandelt. Eine Freude ist es mir, dich deinen Harm herzählen zu hören, und den Göttern will ich danken, daß es dir schlimm geht.«

39. Högni wird gefangen genommen

Darauf spornte König Atli sein Volk zu heftigem Angriff an. Tapfer wurde gekämpft; die Gjukunge aber stürmten so heftig vor, daß König Atli in die Halle hinein wich: sie fochten darinnen weiter, hart war der Kampf. Diese Schlacht verlief unter großem Männermorden und endete so, daß alles Volk der Brüder gefallen war, und sie beide allein noch aufrecht standen; doch viele Männer waren vorher vor ihren Waffen zur Hel gefahren. Da ward König Gunnar angegriffen, und infolge der Übermacht ward er gefangen genommen und in Fesseln gelegt. Högni aber kämpfte dann noch weiter mit großer Tapferkeit und hohem Heldenmute: er fällte zwanzig der bedeutendsten Kämpen König Atlis. Er stieß manchen in das Feuer, das in der Halle brannte. Alle waren darin einig, daß man einen solchen Mann noch nie gesehen hätte. Dennoch ward er zuletzt von der Übermacht bezwungen und gefangen genommen.

Atli sprach: »Schrecklich ist es, wie viele Männer durch ihn haben ihr Leben lassen müssen! Darum schneidet ihm das Herz aus – das sei sein Tod!« Högni sprach: »Tu, wie dir beliebt: freudig will ich das erwarten, das ihr beginnen wollt – du wirst sehen, daß mein Herz keine Frucht kennt. Wohl hab ich viel Hartes schon vorher erfahren und habe Proben der Standhaftigkeit gern bestanden, so lange ich unverwundet war; jetzt aber bin ich schwer verwundet, und du hast über unsern Streit allein zu entscheiden.« Da sprach ein Ratgeber König Atlis: »Ich weiß einen bessern Rat: nehmen wir lieber den Knecht Hjalli und lassen Högni am Leben. Dieser Knecht ist nichts besseres wert als zu sterben – so lange er lebt, ist er elend.« Der Knecht hörte es, schrie laut auf und entsprang dahin, wo er sich Schutz erhoffte; er rief, Übles falle ihm zu von ihrer Feindschaft, er müsse ihres Unheils entgelten; ein Unglückstag wäre es, wenn er von seinem guten Essen fortsterben müsse und von den Schweinen, die er zu hüten habe. Sie ergriffen ihn und zückten das Messer gegen ihn: er schrie laut auf, ehe er noch die Spitze fühlte. Da sprach Högni, wie recht wenige pflegen, wenn sie Mannhaftigkeit zu bewähren haben, er bäte um das Leben des Knechtes; er erklärte, er könne das Geschrei nicht anhören und meinte, es wäre ihm leichter, selber dieses Spiel zu bestehen. Dem Knechte wurde das Leben geschenkt.

Darauf wurden sie beide, Gunnar und Högni in Fesseln gelegt. Da sagte König Atli zu König Gunnar, er solle angeben, wo das Gold sei, wenn er anders das Leben geschenkt haben wolle. Er antwortete: »Zuvor muß ich das blutige Herz meines Bruders Högni sehen.«

Da ergriffen sie den Knecht abermals, schnitten ihm das Herz aus und brachten es König Gunnar. Der aber sprach: »Das ist das Herz Hjallis des Feigen, das ich hier sehe; es gleicht nicht dem Herzen Högnis des Kühnen, denn gar sehr bebt es jetzt, aber noch doppelt so stark bebte es, als er es noch in der Brust trug.«

Da gingen sie auf König Atlis Befehl zu Högni und schnitten ihm das Herz aus. Und so groß war sein Heldenmut, daß er lachte, während er diese Qual aushielt: alle bewunderten seine Standhaftigkeit, und das Andenken hat sich seitdem erhalten.

Sie zeigten Gunnar das Herz Högnis. Er sprach: »Hier sehe ich das Herz Högnis des Kühnen. Es gleicht nicht dem Herzen Hjallis des Feigen, denn es bebt jetzt kaum, aber weniger bebte es noch, als er es in der Brust trug. Du aber, Atli, wirst dein Leben lassen, wie wir jetzt unser Leben lassen. Nun weiß ich allein, wo das Gold ist; jetzt kann Högni es dir nicht mehr sagen. Bald kam dies, bald jenes mir in den Sinn, da wir beide lebten, aber jetzt habe ich für mich allein zu entscheiden: lieber mag denn der Rhein des Goldes walten, als daß die Hunnen es an ihren Händen tragen.« König Atli sprach: »Führt den Gefangenen fort!« Und so geschah es.

Gudrun aber rief einige Männer zu sich, ging zu König Atli und sagte: »Möge es dir schlecht ergehen und so, wie du verdienst, da du auf diese Weise dein Wort mir und Gunnar gehalten hast!«

Gunnar ward in einen Schlangenzwinger geworfen, darin waren viele

Schlangen, seine Hände waren fest gefesselt. Gudrun sandte ihm eine Harfe; da zeigte er seine Kunst und handhabte die Harfe mit großem Geschick, indem er die Saiten mit den Zehen schlug, und spielte so schön und trefflich, daß wenige meinten, so gut die Harfe mit den Händen schlagen gehört zu haben. Und so lange übte er diese Kunst, bis alle Schlangen einschliefen – nur eine Natter nicht, groß und scheußlich anzuschauen; die kroch zu ihm heran und grub sich mit ihrem Maule ein, bis sie sein Herz traf: so ließ er sein Leben mit großem Heldenmut.

40. Atlis Unterredung mit Gudrun

König Atli meinte einen großen Sieg errungen zu haben und sagte zu Gudrun, wie um sie zu verhöhnen oder um zu prahlen: »Deine Brüder hast du nun verloren, Gudrun, aber du selbst bist daran schuld.« Sie antwortete: »Froh bist du jetzt, da du mir diesen Mord kundtust; aber vielleicht bereust du ihn noch einmal, wenn du erfährst, was darauf folgt; immer soll das Erbe frisch bleiben, niemals zu vergessen meinen Haß: es wird dir nicht wohl ergehen, so lange ich lebe.« Er antwortete: »Wir wollen uns versöhnen: ich will dir deine Brüder büßen mit Gold und kostbaren Kleinoden nach deinem Wunsche.« Sie erwiderte: »Schon lange ist es nicht gut gewesen, es mit mir zu tun zu haben; doch war es auszuhalten, so lange Högni lebte. Niemals könntest du mir meine Brüder so büßen, daß ich zufrieden wäre. Aber oft schlagt ihr uns Frauen nieder mit eurer Gewalt. Jetzt sind alle meine Gesippen tot. Du allein hast über mich zu entscheiden. So muß ich mich denn in diese Lage fügen. Wir wollen ein großes Gastmahl rüsten: ich will für meine Brüder die Totenfeier halten, und desgleichen du für deine Gesippen.« Sie stellte sich nun freundlich in Worten, dennoch stak in Wirklichkeit dahinter ihre frühere Gesinnung. Atli war leichtgläubig und traute ihren Worten, da sie sich unbekümmert in ihren Reden zeigte.
Gudrun rüstete also die Totenfeier für ihre Brüder und ebenso Atli für seine Mannen – lauter Lärm herrschte bei dem Feste. Gudrun

aber gedachte ihres Harms und sann darauf, wie sie dem König eine große Schmach antun könnte. Und am Abend ergriff sie ihre Söhne und die König Atlis, als sie am Hochsitzpfeiler spielten. Die Knaben wurden ängstlich und fragten, was sie sollten. Sie antwortete: »Fragt nicht darnach! Ich will euch beide töten.« Sie erwiderten: »Schalten kannst du mit deinen Kindern wie du willst, das wird die keiner wehren; aber eine Schmach ist es dir, so zu handeln.« Darauf schnitt sie ihnen die Hälse durch.

Der König fragte, wo seine Söhne wären. Gudrun antwortete: »Ich werde es dir sagen und dein Herz erfreuen. Du brachtest großen Harm über mich, als du meine Brüder erschlugst – nun höre, was ich dir zu sagen habe. Du hast deine Söhne verloren. Ihre Hirnschalen werden hier als Trinkbecher benutzt, und du selbst hast daraus ihr Blut mit Wein vermischt getrunken. Sodann nahm ich ihre Herzen und briet sie am Spieße – du hast sie gegessen.« König Atli antwortete: »Grausam bist du, da du deine Söhne mordetest und mir ihr Fleisch zu essen gabst – schnell läßt du Böses auf Böses folgen.« Gudrun sagte: »Gern wollte ich dir noch fernerhin große Schmach antun, gegen einen solchen König kann nicht schlecht genug verfahren werden.« Der König sprach: »Übler hast du gehandelt, als daß die Menschen etwas Ähnliches zu erzählen wüßten, auch ist großer Unverstand bei solcher Hartherzigkeit – du hättest verdient, auf einem Scheiterhaufen verbrannt und zuvor gesteinigt zu werden: dann hättest du das, wohin du steuerst.« Sie antwortete: »Das kannst du dir selbst weissagen, mir aber wird ein andrer Tod zuteil werden.« Sie wechselten noch viele Zornesworte miteinander.

Högni hatte einen Sohn nachgelassen, der Niflung hieß; er hatte einen großen Haß auf König Atli und sagte zu Gudrun, er wolle seinen Vater rächen. Die nahm das wohl auf, und sie hielten Rat; sie sagte, es wäre ein großes Glück dabei, wenn es ausgeführt würde. Am Abend, als der König getrunken hatte, ging er schlafen; und als er eingeschlafen war, kam Gudrun dahin und Högnis Sohn. Gudrun nahm ein Schwert und stieß es dem Könige Atli vorn in die Brust – beide setzten sie es ins Werk, Gudrun und Högnis Sohn. König

Atli erwachte von der Wunde und sprach: »Wenig würde es nützen, diese Wunde zu verbinden oder sonst zu pflegen – wer hat mir diese Verwundung beigebracht?« Gudrun antwortete: »Ich tat es zum Teil, und zum Teil der Sohn Högnis.« Da sprach Atli: »Nicht hätte sich das für dich zu tun geziemt, obwohl einiger Grund dazu war: du warst mir vermählt mit deiner Gesippen Rat, und als Brautschatz gab ich dir dreißig gute Ritter, edle Mädchen und viele andere Männer; du aber meintest, daß dir nicht nach Gebühr geschehen sei, wenn du nicht über die Lande herrschtest, die König Budli besessen hatte, und oft ließest du deine Schwiegermutter in Tränen sitzen.« Gudrun entgegnete: »Viel Unwahres hast du gesprochen, ich kümmere mich nicht um deine Worte. Oft war ich unfreundlich in meinem Sinn, aber du machtest es noch viel schlimmer. Hier ist oft großer Streit in deinem Hofe gewesen, oft schlugen sich Verwandte und Freunde, eins war dem andern feind. Damals lebte ich glücklicher, als ich noch bei Sigurd war: wir erschlugen Könige und schalteten über ihre Schätze, wir gaben Frieden denen, die es wollten, Häuptlinge unterwarfen sich, und wir machten den mächtig, der es wollte. Darnach verloren wir ihn; aber das war noch ein Kleines, Witwennamen zu tragen – jedoch das härmt mich am meisten, daß ich zu dir kam, nachdem ich den trefflichsten König zum Gatten gehabt hatte, und niemals kamst du aus dem Kampfe, ohne den kürzeren gezogen zu haben.« König Atli antwortete: »Das ist nicht wahr. Doch mit solchen Vorwürfen wird keinem von uns beiden geholfen, aber Unrecht haben wir ein wenig. Handle nun an mir nach Gebühr und laß meine Leiche ehrenvoll bestatten.« Sie sagte: »Das will ich tun und dir eine ehrenvolle Bestattung bereiten in stattlicher Steinkiste, ich will dich in schöne Tücher hüllen und alles Nötige für dich besorgen.« Darauf starb er; sie aber tat, wie sie verheißen hatte.

Sodann ließ sie Feuer in die Halle werfen, und als das Hofgesinde mit Schrecken erwachte, wollten die Männer nicht den Feuertod erleiden, sondern erschlugen sich selbst und fanden so den Tod. So endete das Leben König Atlis und seines ganzen Hofes. Gudrun aber wollte nicht länger leben nach dieser Tat – jedoch ihr Todestag war noch nicht gekommen.

Die Völsunge und Gjukunge sind nach dem, was die Leute erzählen, die mutigsten und mächtigsten Helden gewesen, und so heißt es auch in alten Liedern.
Also fand der Kampf nach diesen Ereignissen ein Ende.

41. Von Gudrun

Gudrun hatte eine Tochter mit Sigurd, die Svanhild hieß; sie war aller Frauen schönste und hatte durchdringende Augen wie ihr Vater, so daß nur wenige es wagten, ihr unter die Augenbrauen zu blicken. So sehr übertraf sie alle andern Frauen an Schönheit wie die Sonne die andern Gestirne.
Gudrun schritt einmal an den Strand, schwere Steine in ihrem Busen tragend, und ging so in die See, um sich den Tod zu geben. Da hoben und trugen sie hohe Wogen über die See, mit ihrer Hilfe bewegte sie sich fort und kam endlich nach der Burg König Jonakrs. Der war ein mächtiger König über viel Volk. Er nahm Gudrun zur Frau: ihre Kinder waren Hamdir, Sörli und Erp. Svanhild wurde dort aufgezogen.

42. Svanhild wird vermählt und von Rossen zu Tode getreten

Jörmurek war ein König geheißen, der war ein mächtiger König in jener Zeit; sein Sohn hieß Randver. Eines Tages rief der König seinen Sohn zur Unterredung und sagte: »Du sollst eine Gesandtschaftsreise für mich antreten zu König Jonakr und mit dir mein Ratgeber Bikki: dort wird Svanhild auferzogen, die Tochter des Drachentöters Sigurd, die ich die schönste Maid weiß unter der Sonne – sie möchte ich am liebsten zur Frau haben, und um sie sollst du für mich werben.« Bikki antwortete: »Geziemend ist es, Herr, daß ich die Gesandtschaftsreise für euch unternehme.« Da ließ König Jörmunrek ihre Fahrt würdig ausrüsten.

Sie machten sich also auf die Fahrt, bis sie zu König Jonakr kamen und sahen Svanhild – ihre Schönheit schien ihnen groß zu sein. Randver ersuchte den König um eine Unterredung und sprach: »König Jörmunrek will euch seine Schwagerschaft anbieten: er hat von Svanhild gehört und will sie zu seiner Frau kiesen; es ist unwahrscheinlich, daß sie einem mächtigeren Manne vermählt werden könne, als er ist.« Der König sagte, das wäre eine würdige Heirat, »und er ist hochberühmt«. Gudrun sprach: »Unbeständig ist das Glück, ihm ist nicht zu trauen, daß es nicht verloren geht.« Aber durch das Zureden des Königs und durch alles das, was damit in Verbindung stand, wurde diese Heirat beschlossen. Svanhild begab sich mit ansehnlichem Gefolge auf das Schiff und saß auf dem Hinterdeck neben dem Sohne des Königs. Da sprach Bikki zu Randver: »Billig wäre es, daß ihr eine so schöne Frau hättet, und nicht ein so alter Mann.« Ihm gefiel das wohl in seinem Sinn: er sprach zu ihr mit Freundlichkeit, und jedes zum andern. So kamen sie heim und begaben sich zu König Jörmunrek.

Da sagte Bikki heimlich zum Könige: »Es geziemt sich, Herr, zu wissen, was im Werke ist, wenn es auch gefährlich ist, es zu offenbaren – es handelt sich um den Verrat deines Sohnes: er hat die volle Liebe Svanhilds genossen, sie ist seine Geliebte – laß solches nicht ungestraft!« Manchen bösen Ratschlag hatte er zuvor gegeben, obwohl dies der schlimmste war unter seinen bösen Ratschlägen. Der König folgte seinen vielen bösen Ratschlägen; er befahl und vermochte sich im Zorn nicht zu mäßigen, man solle Randver ergreifen und an den Galgen knüpfen. Als er zum Galgen geführt wurde, da nahm er einen Habicht, rupfte ihm alle Federn aus und sagte, daß man ihn seinem Vater zeigen solle. Als der König ihn erblickte, sprach er: »Damit will er mir sagen, daß ich ihm ebenso aller Ehre beraubt erscheine«, und gebot, ihn vom Galgen herabzunehmen. Bikki aber hatte unterdessen die Hinrichtung Randvers ins Werk gesetzt, und er war schon tot. Bikki aber sprach abermals zu Jörmunrek: »Keinem mußt du mehr zürnen als Svanhild – laß sie eines schmachvollen Todes sterben!« Der König antwortete: »Dem Rate wollen wir folgen.« Da ward sie im Burgtor gebunden, und Rosse wurden auf sie zugetrieben. Aber als sie ihre Augen aufschlug, da wagten die Rosse nicht sie zu treten. Als Bikki das sah, gebot er, ihr einen Sack über den Kopf zu ziehen. So geschah es, und da erst fand sie den Tod.

43. Gudrun treibt ihre Söhne an, Svanhild zu rächen

Als Gudrun den Tod Svanhilds erfuhr, sprach sie zu ihren Söhnen: »Wie könnt ihr so ruhig dasitzen und Scherzworte reden, obwohl Jörmunrek eure Schwester getötet und schmachvoll unter Rosseshufen hat zertreten lassen? Nicht habt ihr die gleiche Sinnesart wie Gunnar und Högni: die würden ihre Blutsverwandte rächen.« Hamdir antwortete: »Wenig hast du Gunnar und Högni gelobt, als sie Sigurd erschlugen und du von seinem Blute gerötet warst, und übel war deine Bruderrache, als du deine Söhne tötetest – besser hätten wir alle zusammen König Jörmunrek erschlagen können. Aber den Vorwurf der Feigheit wollen wir nicht auf uns sitzen lassen, da wir so heftig gereizt sind.« Gudrun ging lachend fort und setzte ihnen zu trinken vor in großen Bechern. Darauf gab sie ihnen große und starke Brünnen und andre Waffenrüstung. Da sprach Hamdir: »Dies ist der letzte Abschied, den wir von einander nehmen, und bald wirst du erfahren, was sich begeben hat – dann kannst du unser beider und Svanhilds Totenfeier begehen.« Darauf machten sie sich auf den Weg.

Gudrun aber ging in ihre Kammer harmerfüllt und sprach: »Drei Männer war ich vermählt: zuerst Sigurd dem Fafnirtöter – der ward verraten, und das war mir der größte Harm. Dann ward ich dem König Atli gegeben – aber so voll war mein Herz von Haß wider ihn, daß ich im Harm unsere Söhne erschlug. Danach ging ich in die See, allein durch hohe Wellen wurde ich erhoben und an Land getragen und diesem Könige vermählt. Dann sandte ich Svanhild mit großem Gute aus dem Lande fort zur Vermählung, und das ist mir das Schmerzlichste meiner Leiden nach Sigurds Tode, daß sie unter Rosseshufen zertreten ward. Am meisten aber hat mich erbittert, daß Gunnar in einen Schlangenzwinger gesetzt ward; doch das Härteste ist, daß Högni das Herz ausgeschnitten ward. Am besten wäre es, wenn Sigurd mir entgegen käme und mich mit sich nähme. Ich habe nun weder Sohn noch Tochter, mich zu trösten. So gedenke nun, Sigurd, an das, was wir redeten, da wir ein Bett bestiegen, daß du kommen wolltest zu mir von Hel und mich holen.« So endete Gudruns Klage.

44. Von Gudruns Söhnen

Von Gudruns Söhnen ist nun zu erzählen, daß sie ihre Rüstungen so gefeit hatte, daß kein Eisen sie verletzten konnte; doch hatte sie sie davor gewarnt, Steinen oder andern großen Dingen Schaden zuzufügen: das würde ihnen sonst zum Verderben gedeihen, wenn sie nicht also täten.

Als sie sich auf den Weg gemacht hatten, trafen sie ihren Bruder Erp und fragten ihn, was er ihnen helfen würde. Er antwortete: »So viel wie eine Hand der andern oder ein Fuß dem andern.« Das dünkte sie nichts zu sein, und sie erschlugen ihn.

Darauf zogen sie weiter ihres Wegs, und es währte nicht lange, da strauchelte Hamdir, streckte die Hand nach unten und sprach: »Erp wird wahr gesagt haben. Ich würde nun fallen, wenn ich mich nicht auf die Hände stützte.« Bald darauf strauchelte auch Sörli, stützte sich aber auf den Fuß, konnte sich so aufrecht halten und sagte: »Fallen würde ich jetzt, wenn ich mich nicht auf beide Füße stützte.« Da gestanden sie sich, übel an ihrem Bruder Erp gehandelt zu haben. Sie setzten ihre Reise fort, bis sie zu König Jörmunrek kamen, gingen hinein zu ihm und fielen sogleich über ihn her. Hamdir hieb ihm beide Hände ab, Sörli aber beide Füße. Da rief Hamdir: »Abgeschlagen würde jetzt das Haupt sein, wenn Erp lebte, unser Bruder, den wir auf dem Wege erschlagen haben – zu spät sahen wir das ein«; wie es im Liede heißt:

30
Ab wär' das Haupt jetzt,
Wenn Erp lebte,
Unser tapfrer Bruder,
Den wir beide getötet.

Darin hatten sie auch das Gebot ihrer Mutter außer acht gelassen, daß sie Steine beschädigt hatten.
Da drangen die Männer auf sie ein, sie aber wehrten sich wohl und mutig und fügten manchem Manne Schaden zu – sie selbst aber verletzte kein Eisen. Da kam ein Mann hinzu, hochgewachsen und alt, mit einem Auge, der sprach: »Ihr seid nicht weise Männer, wenn ihr diese Männer nicht töten könnt.« Der König erwiderte: »Gib uns denn Rat dazu, wenn du kannst!« Jener rief: »Werft sie doch mit Steinen tot!« Und so geschah es: von allen Himmelsgegenden flogen Steine auf sie, und das brachte ihnen den Tod.

26557503R00054

Printed in Poland
by Amazon Fulfillment
Poland Sp. z o.o., Wrocław